KB265753

권경욱 게임 판타지 소설

기갑전기 매서커

GAME FANTASY STORY

기갑전기 매서커 15

권경목 게임 판타지 소설

초판 1쇄 찍은 날 § 2012년 2월 8일
초판 1쇄 펴낸 날 § 2012년 2월 15일

지은이 § 권경목
펴낸이 § 서경석

편집부장 § 권태완
편집책임 § 박우진

펴낸곳 § 도서출판 청어람
등록번호 § 제1081-1-89호
등록일자 § 1999. 5. 31
어람번호 § 제1-1332호

주소 § 경기도 부천시 원미구 심곡2동 163-2 서경B/D 3F (우) 420-822
전화 § 032-656-4452 팩스 § 032-656-4453
http://www.chungeoram.com
E-mail § chungeoram@chungeoram.com

ⓒ 권경목, 2008

ISBN 978-89-251-2771-2 04810
ISBN 978-89-251-1285-5 (세트)

기갑전기 매셔커

Contents

Act 00
무력지대(無力地帶)

機甲戰記
Massacre
기갑전기 매서커

드디어 치치타라 산맥을 넘었다!

겁을 팍팍 준다.

서비스 외 지역이라? E&T가 하도 방대해 이런 게 있는 줄
처음 알았다.

이크, 이건 또 뭐냐?!

…살벌한 경고다. 나만 듣는 경고가 아니다.

원정대에 참가한 모든 유저에게 같은 경고가 주어지고 있
는지 표정들이 점점 어두워졌다.

덤부 등 수뇌부 몇몇만이 시큰둥한 표정으로 경고를 흘려
보내고 있을 뿐이다.

한데 이런 경고를 절감하기엔 주변 상황이 너무도 아름다
우며 터무니없이 평화롭다는 것이 문제였다.

레벨 쩌는 거대 몬스터조차 유저들을 돌아보지 않는다.

아니, 무슨 구경하듯이 목을 길게 뽑아보다 몸 풀러 다가가
면 외면하는 게 다반사다.

…몸 사린다고나.

보스 몬스터가 아니라 '보신 몬스터'라며 원정대 유저들

이 킬킬거렸다.

폭 좁은 길을 따라 흑적색 아름드리나무가 가지런하게 늘어서 있고, 그런 가는 길이 언덕의 고저를 따라 구불구불 이어지고 있었다.

높은 곳에서 돌아다보니 그런 가지런한 산길들이 거미줄처럼 치치타라 산맥을 따라 뻗어 있다.

천연의 미궁이랄까.

정말 길은 알고 가는 것인지…….

훈훈한 바람이 기분 좋게 불어주어 트렉킹 코스로 그만인 그림이지만 비탈길의 연속은 가상에서조차 질리기 충분했다.

걷는다, 걷는다, 무조건 앞만 보며 걷는다……. 누구는 등만 보고 걷는다.

산맥을 둘러 넘는, 무려 8일을 이런 잔도를 오르락내리락거리고 있음이라.

그 흔한 몬스터도 없다. 그저 돈 될 것 같아 보이는 거대한 큰 뿔 산양과 사슴 무리가 원정대를 호기심 깊은 눈으로 관찰할 따름이다.

주객이 전도된 느낌이랄까.

무슨 국립공원도 아니고.

그렇게 붉게 도배된 경고창만 아니면 가상에서 지극히 현실적인 평화로움과 아름다움을 만끽하는 중이다.

자, 여기서.

다각다각.

가파른 비탈길을 흐느적흐느적 요람의 여운을 느끼게 만들며 나를 태우고 끈기있게 오르는 동물이 있다.

윤기있는 진회색 털의 나귀였다. 눈이 초롱초롱한 것이 '한 영리' 하게 생긴 녀석으로, 특유의 기다란 귀가 하얗다.

어이없게도 원정대는 이 녀석 뒤를 따르고 있다.

이 녀석은 원정대를 인도하는 나침반 역할을 맡고 있다.

사정 무지 많은 녀석.

오직 나만 따른다.

모로 앉은 상태에서 나귀 목을 쓰다듬었다.

Status

회색 나귀

레벨 제한 없이 탈 수 있는 탈것이자 짐꾼.

전투력은 미약하지만 충성심을 높이면 주인을 도와 몬스터를 상대할 수 있다. 강력한 뒷발 차기로 노상강도들의 늑골을 분쇄한다.

요것이 일반적인 나귀들의 상태창이다.

흔해 빠졌다.

주로 초창기 아이템 무게 제한에 걸린 초보 광부들이나 초

보 상인들이 이용한다. 한데,

훗, 대단해 보이지만 나귀는 나귀고, 내 엉덩이 방석만도 못한 녀석이다.

…승차감 최악이라니까.

덤부 등이 이 녀석을 어떤 경로를 통해 입수했는지는 몰라도 원정대를 이끄는 나침반 용도로 이용하고 있었다. 꽤나 사연있는 녀석으로 짐작하는 것으로 관심을 접었다. 덤부 등 원정대 수뇌들이 관심 품는 것조차 경계해서다.

그런데 치치타라 산맥의 미궁의 산길에 들어서자 이 녀석이 안내를 멈추었고 고집을 피우는 게 아닌가.

오— 힝~ 오— 힝~! 하는 요란한 괴성으로 존재를 모두에게 알렸다.

이 녀석이 주인으로 선택한 것이 바로 포이즌 메이지이신 이 지오님이다.

늘 하듯이 숨쉬기로 마력을 돌리는데 이 녀석이 크게 반응하며 우리를 박차고 내게로 달려왔다.

레벨 88의 나귀의 뒷발질에 몇몇 유저들이 '홈런 볼'이 되어 날아다니는 신세로 전락!

그렇게 내게로 오더니 급 실망을 표했지만 내 주위를 맴돌며 떠나지 않았다.

급히 달려온 덤부가 내게 녀석의 주인이 되기를 애원했다.

놈이 달아나면 산맥을 넘을 길을 찾을 수 없다는 것이다.

아마 백이가 옛날 따르던 누군가로 착각한 것으로 짐작되어졌다.

즉시 이름을 붙이고 입양(?)했다.

너무도 간단히 놈을 테이밍해 버리자 덤부등의 입이 턱까지 빠졌다.

거참, 그게 그렇게 대단한 일인가 보다.

아! 백이(白耳)라는 이름은 내가 지었다.

사람들이 성의없게 덩키가 뭐야, 덩키가?!

나를 주인으로 받아들인 것은 아마 이 때문일지도.

테이머 지오가 곰탱이를 다루는 공의 반의 반도 들지 않았는데 말이지.

한데 이런 제길!

그 덕에 나귀를 타고 길 안내를 하는 신세가 되고 말았다.

유유자적함은 사라지고 엉덩이 알이 배겨 죽을 지경이라는 것.

정말 주는 것 없이 미운 녀석이 아닐 수 없다.

안 그래?

당근돌이 백이 씨?

가고 싶으면 가고, 가기 싫으면 말고…… 제 멋대로.

여하튼 다른 유저들은 헉헉거리며 오르고 있는 것에 비하면 완벽한 호사로 보이는 외관이지만 최악의 승차감에 엉덩이가 배겨 잠시 잠깐 등에서 내려줘야 했다.

빈약하고 마른 엉덩이에 저주를—

"끄응."

아, 배긴다!

모로 앉은 낮은 나귀 등에서 스르륵 미끄러지는 식으로 땅에 발을 디뎠다.

나귀가 홀가분해진 등이 기분 좋은지 고개를 잘레잘레 흔들었다.

기다란 하얀 귀를 꼬며 온갖 신호를 보내고 있다.

그러면서 내 눈치를 살짝 살피는 걸 잊지 않았다.

꾸준한 바람의 지속적인 전달이 있었다.

……

노련한 태업이라 할까, 정말 '레벨 빨' 있는 나귀답게 여간 내기가 아닐세.

이 노련한 나귀를 상대로 실랑이하기엔 보는 눈이 과하다.

원정대 중 그 누구도 이 녀석의 주인이 되지 못했잖은가.

'성검의 주인'도 아니고 '나귀의 주인' 정도에 놀라기는.

여하튼 특별함을 보여주어야 했다, 너른 아량 같은.

'유저에겐 야박하지만 내 동물에겐 친절하겠지'라는 시크한 가상인 컨셉이랄까.

그 점까지 놈은 꿰차고 있다.

눈치가 백단으로 나보다 나를 보는 유저들의 시선을 더 신경 쓰는 녀석이다.

다시 한 번 처절한 눈빛 공격과 이힝오힝 하는 낮은 울음을 보내왔다.

나귀야, 돼지야?!

이런 뚱태뚱태 같으니!

내가 뜸을 들이자 백이는 유저들에게 시선을 보내기 시작했다.

'나, 못된 주인 만나 학대당하고 살아요'라는.

참고로 이 처량한 연기에 나 포이즌 메이지 지오를 고발하는 가상 동물 애호 협회의 경고가 천통이 넘고 있다.

동정의 눈빛이 백이에게 쏠렸다.

…제길.

수많은 시선을 털어내기 위해 검보라색 로브 자락을 늘어진 소매 끝으로 털었다.

타악─!

소매 끝에서 보라색 기운이 뭉클 피어 대기 중으로 빛의 입자로 화해 스르륵 흩어졌다.

화들짝 놀라 급히 코를 부여잡으며 고개를 돌리는 유저들이었다.

나에 대한 소문이 터무니없이 과장되어 퍼진 여파라.

뭐, 아크 메이지 스톰윈드의 유망한 두 제자인 참살, 참극 남매를 기만한 사실이 '격한 응징'으로 과장되어 퍼진 결과였다.

몇몇 유저들이 되지도 않은 이상 증상을 호소하는 사태로 이어지기도.

당연히 그 이상 증상은 원인불명이었지만 그 원인을 전부 나에게서 찾았다.

여기가 나름 고산지대라니까?!

이것들은 고산병도 몰라.

가상단말기 설정 오류까지 말이다.

여튼 눈 마주치기조차 겁을 내고 있다. 이 가상에서 말이지.

…이런 분위기 은근히 좋다.

뭔 짓을 해도 전부 납득하는 분위기!

풍성한 로브 소매 자락 안 이공간 창고에서 싱싱한 주황색 당근 하나를 꺼냈다.

삐싱, 눈빛을 빛내며 고개를 바싹 들이대는 나귀였다.

정말 한 대 쳐 주고 싶은 나귀 면상이라니까.

흐훗 하는 V자 미소를 그리며 줄까? 말까? 식으로 흔들었다.

하얀 입가를 걸쭉한 침을 흘리며 애써 끌어올린 웃음을 비굴하게 날리는 백이였다.

가열찬 기대를 짓밟으며 보란 듯 오독오독 당근 끝부분에서부터 입안에 밀어 넣었다. 그러자,

호— 힝— 호— 힝!

백이는 고개를 아래위로 흔들며 특유의 요란한 울음을 토하며 몸 달아 했다.

이 시끄러운 억울한 토로가 이어지자 다시금 나에게 원정대의 시선이 쏠렸다.

말 못하는 짐승을 괴롭히다니?! 저급 악당이나 하는 짓이라 이건가?

…나참.

빈약한 엉덩이 살로 허리 배김을 예방하기 위해선 타협은 필수.

“에혀—”

깨끗한 당근 하나를 새로 꺼내 나귀 입에 물려주었다.

“옛다, 머겅~”

오도도독— 당근은 허겁지겁 순식간에 사라져 버렸다.

나귀는 나를 향해 눈꼬리가 휘어지는 흐뭇한 미소를 보내왔다.

부러 못된 척 하지 말라고? 뭐 이런…….

졌다, 졌어.

먹거리에 환장한 누구 같은 싸구려 인공 지능 같으니.

보너스로 손을 뻗어 너른 이마를 긁어주자… 친밀도가 무럭무럭 자랐다.

…거참.

너랑 친해져 내게 무슨 영광이 있으려고.

평화로운 광경이 이어지고 있지만 여유를 즐길 여건이 아니었다.

장기간 산행으로 피로도가 누적되어 있습니다. 서비스 외 지역이라 간단한 음식과 휴식으로 회복되지 않습니다. 동화율을 장시간 유지하기 힘든 상황입니다.
서비스 지역으로 돌아가길 권하는 바입니다.

나도 안다. 몸이 무거워 짐이 장난이 아니다.

그러나 나에겐 나만의 비책이 있다.

마나 흡입!

후웁, 크게 숨을 들이켜며 대기 중에 흩어진 마나를 고래처럼 빨아당겼다.

대기 중 마력을 활기로 전환 중입니다. 낮아진 피로도가 빠르게 회복되고 있습니다.

…어제보다 충전 속도가 늦다.

맛 역시 심심하다.

어제와도 달랐다. 점점 싱거워지고 있어.

그러나 피로를 떨치는 데 심호흡 몇 번이면 그만이다.

나를 중심으로 투명에 가까운 연보랏빛이 휘돌았다.

색의 선명도가 어제와 다르게 옅어졌다.

그랬다. 서비스 외 지역으로 깊이 들어갈수록 대기 중에 분포된 마나의 농도가 점점 옅어지고 있다는 것이었다.

나 같은 정신계열 클래스에겐 심각한 문제를 발생시킬 수 있는 조건이다.

고산지대에서 나타나는 고산병을 연출하려는 의도는 아니리라.

"전투지형 점검."

마력 분포도 수치가 하루가 다르게 떨어지고 있었다.

평소 전투력의 87%밖에 발휘하지 못한다는 이야기.

강대한 적과 마주친다면 어떻게 될지 솔직히 걱정스러운 수치였다.

"의외로 동물에 친절하시네요."

호위기사로 붙여진 붉은 단발머리 여기사 캐티였다. 제 키를 훌쩍 넘는 번데기 형태의 전투배낭을 짊어지고도 허리를 당당하게 펴고 있다.

달팽이 우우에 비하면 튼튼 씩씩한 누님이시다. 게다 훌륭한 건각이다.

라이딩 자켓에 카키색 탱크 탑 밀리터리 반바지에 복사뼈까지 올라오는 갈색 가죽 등산화가 여성 오지 탐험가 같다. 붉은 머리가 빛을 받아 짙은 오렌지색으로 이글거렸다.

건강한 아름다움이 철철 넘친다고나.

웃음도 호호가 아닌 우하핫인데 나에게만 어렵게 호호다.

"다 나 편하라고 하는 거지. 길이 어지간해야지."

"그렇긴 그래요. 무슨 가상에서 천리행군도… 아니고."

"지루해, 따분해, 조용해, 너무 조용해, 환장해."

솔직한 감상을 담아 툴툴거렸다.

"호호."

캐티는 에어로빅 강사 같은 건강한 웃음을 그리는 것으로 동감을 표했다.

하지만 주변 유저들은 고개와 어께를 축 늘어뜨리는 것으로 진 빠진 동감을 표했다. 이건 아니라는 얼굴이 역력하다.

여어—!!!

그때였다, 정찰조가 상기된 얼굴로 돌아온 것은.

덤부 등이 소리가 심상치 않음을 감지하고 정찰조를 마중 나왔다.

정찰조장이 급하게 특정 위치를 손가락으로 가리키며 말했다,

"언덕 너머에 부락 흔적을 발견 했습니다. 분명 부락입니다."

"오, 드디어. 역시."

덤부 등 수뇌부의 안색이 활짝 폈다.

마찬가지로 축 처진 유저들의 어께가 펴졌다.

당나귀 백이를 바라보았다. 너 아냐?

백이가 답 대신 자세를 낮추어 등을 내어 놓았다. 레벨 88 인공지능다운 의사 표현이라.

서비스 외 지역에 부락의 흔적이 있다? 과연……

                    *   *   *

　언덕을 돌아 넘자 산자락에 이어진 완만한 평지가 나타났다. 광활한 숲이 문제의 흙벽으로 보호되는 부락을 감싸안고 있다.
　부락의 규모가 제법 크다.
　진갈색 흙담이 켜켜이 둘러 쳐진 부락은 낮은 둔덕과 큰 웅덩이 수 개를 끼고 있었고, 이미 오래전에 버려진 듯 불탄 담벼락은 이끼와 덩굴로 덮여 있었다.
　집들은 고블린 특유의, 입구가 좁고 내부가 옹기 같은 돔형으로 에스키모의 이글루와 흡사하다. 얼음 대신 짚을 넣어 만든 흙벽돌을 사용한 점이 다를 뿐이다.
　실핏줄처럼 이어진 골목을 따라 이런 거품흙집이 이어져 있어 숨바꼭질하기 그만이다.
　인간 마을로 치면 한 3백여 가구를 수용할 규모였다.
　무려 2천에 달하는 원정대를 빠듯하게 수용할 크기는 되었다.
　후드드득― 갑작스러운 인기척에 날짐승들이 날아올랐다.
　낮은 지붕의 집들은 텅텅 비어 새들과 동물들의 보금자리로 화한 지 오래로 폐허 같은 느낌에 을씨년스러웠지만 숲에서 노숙하는 것보단 괜찮은 장소였다.

이제부터 시작이란 느낌은 나만 드는 게 아닌가 보다.

유저들의 눈에 빛이 초롱초롱했다.

서비스 외 지역에 있는, 초라하지만 문명의 흔적이라…….

새로운 가능성의 열림이었다.

유저들 사이에 의견 교환이 왁자지껄 활발했다.

아직 이른 오후고 활기를 찾은 유저 가운데 몇이 조를 짜 주변을 정찰하기 위해 흩어지는 게 보였다.

일단 길은 맞은 셈인가? 그렇게 믿자.

우선 이 의문투성이 폐허가 주는 찜찜함을 털어야 했다.

대기 중에 흩어진 공기 맛이 이상했다.

탁하지도 맑지도 않은, 그렇다고 던전이 감추어져 있어 은근히 발하는 요사스러운 기운도 아니다.

거친 필드 특유의 조이는 긴장감 역시 없다.

그렇게 그저 평화로운 자연이었다.

> 세상 밖, 지도 창 서비스 제외 지역입니다. 지도 제작을 거부합니다.

손으로 직접 그리는 수밖에 없다.

그래서인지 지도 제작 스킬을 가진 탐험가 클래스 유저들이 가드들을 이끌고 분주하게 부락을 뻗어 나가고 있었다.

눈에 보이는 것은 보이는 것이고, 그들의 일은 그들의 일이고, 내 일은 따로 있다.

피부로 전해지는 찝찝한 느낌을 확인하는 것. 두 팔을 활짝 벌리며 습관이 되어버린 마나 흡입을 시작했다.

"마력 측정—!"

후우우우우우우우우웅—!!!

대기가 요동치며 나를 향해 빨려들었다.

마나 농도가 낮다… 높다, 낮다, 높다. 찐하게 들어오다 싱겁게 들어오기를 불규칙적으로 반복했다. 선명하게 다가오는 것이 있었다. 이것은…….

층(層)!

그랬다. 대기 중 흩어진 마력에 보이지 않는 층이 있었다. 그 층으로 기복이 극심했다.

그 층은 대지에서 아지랑이처럼 피어오르고 있었다.

층을 만들어낸 문제의 장소가 금방 눈에 들어왔다.

……!

Act 01

치한녀(癡漢女)

機甲戰記
Massacre
기갑전기 매서커

　물웅덩이로 향했다. 25미터 수영장 정도 크기였다. 부락과 숲의 경계를 따라 염주 형태로 일렬로 길게 나열되어 있다.

　웅덩이 간 간격은 무시할 정도로 규칙은 없었다.

　산맥에서 뻗은 산자락과 평지 숲과 맞닿은 가상의 점선이 절로 그려졌다.

　옅은 수증기가 수면을 따라 피어오르고 있었다.

　이 물웅덩이를 중심으로 마나 농도가 비정상적으로 높았다.

　높은 푸른 하늘과 새털구름이 거울처럼 담겨 있다.

　다섯 걸음 뒤로 여기사가 멀리 사라지는 정찰조를 부러운 눈으로 바라보고 있다.

활동파에게 정적인 호위기사 역할은 고역일 테지.

"뭐하세요?"

"……."

네 눈엔 뭐하는 걸로 보이냐?

나도 몰라.

웅덩이 속을 관찰했다.

오호, 짐작대로 물웅덩이는 썩은 나뭇잎으로 가득 차 있었고 그 사이로 부패되어 하얀색으로 기름 빠진 뼈 무더기가 보였다.

"빙고―!"

"…뭐예요?"

"뼈 무더기. 물 맛 보려 했지?"

"히익!"

캐티가 물웅덩이에서 펄쩍 물러났다.

마력을 돌려 웅덩이에 고인 물을 근처 웅덩이로 밀어 보냈다.

거참, 인간 양수기가 따로 없다.

여하튼 물 빠진 웅덩이 안은 그야말로 집단 매장지였다. 기다란 장대로 휘저어 뼈의 상태와 주인공을 살펴보았다.

"뼈의 주인공이?"

여기사가 등 뒤에서 물어왔다.

“체형적으로 고블린들이야. 부락의 주인공이 모두 여기 모여 있군. 이건 둔기에 맞아 부서진 상흔, 이건 칼에 맞아 쓸린 흔적⋯⋯. 그런데 이건? ⋯거참, 거친 흔적에서부터 깔끔한 절단면까지 종잡을 수가 없잖아.”

“⋯CSI가 따로 없군요.”

나는 고개를 흔들었다.

“전문 CSI를 초빙해야 답이 나오겠는걸.”

원정대에 사령사 클래스가 몇이나 있으려나.

아니면 데스 로드를 초빙해 뼈에 담겨 있을 원혼을 불러내 물어보는 게 더 정확한 답이 나오겠지.

그러기엔 데스 로드께선 데스 메이드와 메이드 군단에 휘감겨 호강의 극치를 누리고 계시니 공간적으로나 시간적으로나 불가능하군.

축캐릭이 따로 없다니까.

여하튼 물웅덩이를 비우는 소란에 유저들이 몰려왔다.

다들 웅덩이 속 내용물을 확인하고는 입을 다물지 못했다.

“저런⋯⋯.”

“이곳 부락민들인가?”

“서비스 외 지역에 있으면 저렇게 되는 거 아냐?”

“헛소리 마! 누군가에게 죽임을 당한 거잖아. 강한 적이 근처에 있는 거야.”

“어디에?”

“알 게 뭐야?!!”

다들 편치 않은 눈치라.

웅성거림이 커졌다.

그리고 근처 다른 웅덩이로 흩어졌다.

다른 웅덩이를 살펴보더니 같은 상황이라고 확인해 주었다.

다들 원인을 놓고 나름의 추리를 내어놓기 시작하자 시장처럼 부산스러워졌다.

중구난방의 소란의 결론은… 네크로맨서, 사령사(死靈師)에 쏠렸다.

그런 기대로 원정대 내에 사령사를 수소문했다.

하나 성과가 없었다.

다양한 강혼술 스킬을 부여했건만 예외없이 거부당했다.

…돌팔이 같으니라고.

데스 로드면 될 것 같은데.

아크 메이지 스톰윈드와 제자들까지 고개를 흔들었다.

“하아……”

부락에 머물기엔 왠지 찝찝함이지. 그런 기분들이리라.

그래서인지 웅덩이를 괜히 뒤져 집단 매장지를 발견한 나를 보는 눈이 왠지 불쾌하다 할까.

아니 이 사람들이?!!

수수께끼는 수수께끼로 남으려 하는데 마나 층의 왜곡 원인은 뼈가 아니라는 생각이 문득 들었다.

아차, 뼈가 만들 수 있는 현상이 아니지.

철퍽철퍽, 진흙 바닥을 발로 차 무언가 당기는 느낌을 찾았다.

활력 충전, 활력 충전, 활력 충전…….

진흙이 사방으로 튀며 얼굴을 더럽혔다.

다들 눈살을 찌푸리며 손가락을 돌렸다. 그러거나 말거나 활력 충전…….

그러자 보라색으로 빛나는 작은 알갱이가 눈에 들어왔다.

희미하고 가는 에너지가 흘러나오고 있다.

진흙을 털어보니…….

……!

활력의 정체는 마력석 부스러기였다.

가공 안 된 원석 그 자체!

이것이었다. 대기층에 마나 왜곡을 준 원인이었다.

그리고 나를 웅덩이로 끌어들인 미약한 파장의 정체였다.

하늘을 향해 마력석 알갱이를 비추어 등급을 매기는데,

"마력석이다!"

"어디? 어디?!"

그것이 시작이었다.

유저들이 진흙 웅덩이로 뛰어들어 뼈 무더기를 휘젓기 시작했다, 언제 터부시 했냐는 듯이.

“저리 비켜—!”

“밀지 말라고?!!”

이리저리 엉겨서 진흙바닥을 뒹굴기 시작했다.

사방으로 질퍽한 갈색 진흙이 튀었다.

유저들이 눈이 벌게져 진흙을 헤집기 수 분이 흐르고,

“찾았다—”

“나도. 있다, 정말 있어!”

몇몇이 콩알 크기의 마력석 원석을 차례차례 찾아냈다.

다가온 스톰윈드에게 원석을 보여주었다.

그제야 나는 부락 주변에 흩어진 다수의 거대한 물웅덩이의 정체를 파악할 수 있었다.

부락 외곽으로 숲과 접한 지역을 따라 멀쩡한 곳이 없을 정도로 파헤쳐져 있다.

웅덩이는 분명 마력원석을 캐낸 흔적이었다.

버려진 고블린 부락은 마력석을 캐기 위한 목적으로 만들어진 것이리라.

그 마력석을 캐낸 구덩이에 고블린 인부들이 학살당해 버려졌고 부락도 태워졌음이다.

이 모든 흔적은 말하고 있다.

학살……. 절대 동물이나 야수가 할 수 없는 행위다.

현실에선 인간이라는 종족만이 저지르는 고유의 잔학 행위 아니던가.

그 자체로 정치적인 경고다.

그 사체가 쌓인 장소는 마력석을 깨던 구덩이니 고블린 종족에게 마력석의 채굴을 중지하라는 메시지 아닐까?

그 누군가가 고블린들에게 마력석을 채굴하지 못하도록 경고하는 듯하다.

그래서인가 어느샌가 다가온 스톰윈드의 푸른 눈이 깊어졌다.

"시그널을 보내고 있군. 그렇게 보는 것이 맞겠지?"

"동전엔 늘 양면이 있습니다."

"그럼 어떤 면인지 알려면?"

"동전을 잔뜩 모으다 보면 동전 주인이 나타나겠죠."

내 말에 스톰윈드가 피식하고 웃었다. 내 눈을 따라 시선을 돌렸다.

"…그렇군."

해괴한 그림이 구덩이 안에서 펼쳐지고 있었다. 고블린 뼈 무더기를 헤집고 진흙 범벅이 되어 마력원석을 찾는다고 눈이 뒤집혀진 '머드맨'들의 아우성.

지루한 원정 기간 동안의 보상을 챙기겠다는 의지가 충만했다. 그저 순수한 욕망…….

지극히 인간다운 모습이랄까.

…….

"어떻게 생각하나?"

혀를 차며 재차 물어오는 스톰윈드다.

뭘? 꼭 애매하게 의문을 넘기는 식이다.

"노움이든 고블린이든 숲을 들쑤시며 찾아헤맬 필요가 있을까요? 오게 만들어야죠."

"그렇지?"

"메시지를 남긴 자들이 나타날 테니… 그게 고블린이든 노움이든 그 누군가가 되든 말입니다."

"…음, 시간이……."

스톰위드가 처음으로 머뭇거렸다. 눈은 웅덩이가 아닌 숲 너머를 보고 있다.

눈앞에 널린 마력석이 별것 아니란 말인가.

도대체 목적이 뭐야? 그러시다면,

"요란하게 판을 키워 보는 건 어떨는지?"

"흐훗, 좋아. 거점 도시에 공고를 하지. 마력석 채굴로 유저들이 요동치면 인공지능들도 덩달아 요동치게 마련이니."

시끌벅적함……. 그 나름의 가상게임을 푸는 방식이리라.

"편하실 대로."

그 역시 느끼고 있었다. 아니 알고 있었다, 마력석의 존재를.

스톰윈드는 돌아서 걸어갔다. 어깨가 가벼워 보였다.

멀리 부락에서 덤부 등 원정대 수뇌들이 이쪽을 바라보고 있었다.

스톰윈드가 돌아서자 지켜보던 그들도 모습을 감추었다.

…내가 그 무언가 이상으로 알고 있는지 떠본 거였다.

그의 진정한 목적이 무엇인지 궁금하지 않다. 안달할 필요 없다. 그는 자신의 목적에 충실할 테고, 나는 내 일에 충실하면 되는 거니까.

이곳은 메이지에게 치명적인 환경이다. 몸빵 해줄 유저들이 많을수록 좋다.

살아남는 자가 모든 것을 가진다.

마력석 몇 알갱이 나누는 것은 별 문제 아니다.

스톰윈드가 갑자기 돌아서며 손을 흔들었다.

오늘 일과 끝, 쉬러 들어간다는 뜻이다.

'당신 속셈 별로 신경 쓰지 않아' 라는 V자 자주빛 미소에 스톰윈드 역시 가늘고 얄팍한 청색 미소로 답했다.

참, 어른들은 비밀 아닌 걸 가지고 꼭 비밀스럽게 군다니까.

결론은 뻔하다. 돈하고 욕심 빼면 어른이 아니니까.

아, 그럼 나도 이제 어른?

*　　*　　*

모든 게 순조롭게 흐르고 있다.

한 시간에 한 번씩 등장해 시간을 알려주는 역할로 전락한 서비스 이탈 경고도 없다.

정말로 서비스 권역 밖은 모험 없는 평화 지대란 말인가?

…알 수 없다.

구우웅— 척. 구우웅—척!

강철거인의 움직임이 지극히 단조롭고 규칙적이다.

왜 아니 그럴까. 구덩이를 파는 단순 동작의 연속이니 커다란 기음조차 째깍째깍 초침 흐르는 듯하다.

그 덕에 모든 구덩이에서 뼈더미와 물을 빼내 규모는 비할 바 없이 커졌고, 부락 주변으로 커다란 흙산이 생겨났다.

정찰대를 제외한 모든 유저들이 마력원석을 찾아 구덩이에 매달린 상태다.

아프리카 모 국가에서 벌어지는 원시 노천 채굴장 모습 그대로 재현되었다.

차이라면 강철거인이 동원되어 그 진척이 놀라울 정도로 빠르다는 것이지만.

아무튼 마력석, 거대 몬스터를 처단해야 생기는 부산물로 알려진 아이템이다.

주로 거대 몬스터의 몸에선 마혈석, 마정석, 마력석 등이 나오는데 그 색이 파괴적으로 붉다.

하나 지금 땅에 마력이 뭉쳐 만들어진 마력석의 색은 세월의 색이 더해져 은은한 보라색에 가깝다.

E&T 설정은 말하고 있다. 문명 이전 깊은 늪지에 거대 몬스터가 빠져 사체가 쌓이고 쌓인 지역이 있고 그 늪지가 땅으로 굳어 있다 지금처럼 발견된다고.

하나 실상은 필드 경계와 경계가 충돌하며 몬스터들도 같이 함몰되어 생긴 흔적이었다.

살아 있는 거대 몬스터의 몸에서 나오는 마력석에 비하면 그 마력은 미미하다.

마력을 증폭시켜 발동하는 마법진 같은 것들을 조성하는데 그 용도가 적합하다.

즉, 강철거인의 뼈대에 새겨진 기동 마법진이라든지 장갑 표면에 먹이는 대 마법 방어진에 유용하게 쓰일 수 있다. 그리고 거대 몬스터를 상대할 위험이 없잖은가.

현재 E&T에서 강철 가격과 마찬가지로 부르는 게 값인 상황이니 고고한 원정대의 유저들이 눈이 돌아 진흙범벅을 마다하지 않고 있음이고.

채굴되고 있는 마력석은 공동 채굴, 공동 분배하기로 결정된 상태다.

원정대 조합이라나. 나야 좋지.

여하튼 정찰대를 필요 이상으로 광범위하게 운용하고 있다. 고블린들을 학살한 존재를 찾는 것 같지는 않다.

일주일이 지나고 있지만 이상 징후는 발견되지 않았다.

그렇게 채굴은 순조롭게 이루어지고 있는 중이었다.

멀리서 들리는 강철거인의 규칙적인 기동음은 자장가가
따로 없다.

"우웅, 한숨 자야겠어. 그럼, 3시간만 부탁해."

"옙, 편히 쉬십시오."

캐티가 또록하게 대답했다.

이 아가씬 잠이 없어. 체력이 대단해.

방금처럼 원정대의 최대 고민은 로그아웃을 할 수 없다는
것이었다.

가상에 내 존재가 고스란히 남아 있고 누군가 그런 나를 지
켜줘야 함이다.

이것은 PART2 지역의 문제와도, 선행 아이템의 보유와도
상관없었다. 치치타라 산맥을 넘는 순간 발생한 문제였다.

서비스 제한 지역이라는 패널티 였다.

눈을 감으며 오늘 들어온 정보를 확인했다.

서비스외 지역에 대한 개괄이었다.

E&T에 관한 정보는 아니었다.

일반적인 가상세계 설계에 관한 것이었다.

어느 가상게임이나 서비스하기 전 여러 지형을 만들어 이
러저런 몬스터를 풀어 필드 테스트를 하게 마련이다. 그러다
갈아엎기도 하지만 지금처럼 규모가 큰 경운 지형째로 서비
스 지역 밖으로 그냥 밀어내 버리기도 한다.

인공지능에 많은 자유도가 주어진 상태라 일일이 찾아 지

워야 하는 문제를 단박에 해결하는 방법으로 흔히 사용되고 있다.

지금처럼 서비스 외 지역 경계에서 인공지능의 부산물이 쌓이는 진짜 이유였다.

그렇게 시스템 설계의 편의를 위해 의도하지 않은 지역이 생겨난 것이었다.

가상공간이면서 현실에 더 가까운 지역이 되고 말았음이라.

나머지 정보는 공학적인 인공지능 설계에 관한 전문가 영역의 지식이 대부분이었다.

…별 내용 아니었다.

인공지능이 생존 본능을 발휘해 오래도록 살아남을 수 있다는 가능성에 관한 것이었다.

막 잠들려는데 캐티가 나를 살짝 훔쳐 보는 게 느껴졌다. 눈가에 짓궂은 미소가 살짝 걸려 있다.

아니, 저것이……. 잠자는 동안 무슨 짓을 하는 것 같은데 흔적이 없으니 무슨 짓을 하는지 알 수 없다.

좋아, 딱 걸렸어!

오늘 내가 자나 봐라.

*　　　*　　　*

피곤해 잠이 깜박 들고 말았다.

새근새근거리는 아기 숨소리가 귓가를 간질러 왔다.

거부할 수가 없는 나른함이 밀려왔다.

…….

그것은 부드러운 바람이 머리칼을 쓰다듬는 느낌이었다.

따뜻한 부드러움은 이마에서 뺨으로… 입술로 이어졌고, 간지럽지 않은 달콤함으로 가득했다.

이 부드러운 접촉이 사라질까 봐 깨기가 싫어졌다.

그렇게 혼몽함에서 헤어나오지 못하고 있는데.

향긋한 향기까지 나른함에 더해졌다. 향기? ……익숙한 향기다.

"……응, 응?"

캐티의 얼굴이 코앞에 있었다.

……!

나랑 눈이 마주치자 어쩔 줄 몰라 하며 화들짝 물러났다.

특유의 짧은 붉은 머리칼이 도깨비 뿔 형상으로 변해 있다.

"……저, 저기. 악몽을 꾸는 것 같지 말입니다."

내, 내가 무슨 악몽을?!!

꽤 좋기만 했는데…….

또 말은 왜 더듬어?

도대체 무슨 짓을 한거야?

나는 의심의 눈으로 캐티를 노려보았다.

캐티는 내 눈빛에 주춤주춤 물러났다.

캐티의 얼굴이 사과처럼 빨갛게 물들어 있었다.

그동안 단 한 번도 본 적 없는 반응!

…….

서먹한 공기가 앞을 가로막고 있다.

얼굴과 입술에 아직도 따뜻하고 부드러운 감촉의 날카로운 느낌이 살아 있다.

…설마, 이 여자가 나를…….

이 지오가 여자에게 당한 거야?!

"절대 그런 그림 아니지 말입니다. 여기 백이가 증인이지 말입니다. 저는 백이를 끌어내기 위해 들어온 것뿐이지 말입니다."

"……."

그래, 역시 그럴 리가 없지. 그런 거야.

응? 가만 백이는 언제 여기에 들어온 거야?

가만, 그럼 백이가 내 얼굴을 핥았다는 거야? ……입술도?

그런 줄도 모르고 므흣한 상상에 취했다는 건? 가상임에도 구토가 올라왔다.

내 이놈의 당나귀를?!! 단매에 쳐 죽이고 말리라―!

발작하려는데 백이는 무엇이 좋은지 비굴하게 웃으며 로브 소매 자락을 질겅질겅 씹을 뿐이다.

나의 관심사는 오로지 소매 자락 안에서 끊임없이 나오는 당근이라는 것!

　다시금 캐티를 눈에 담았다,

　"이, 이……."

이런 경운 어떻게 해야 되지?

캐티는 주춤주춤 뒷걸음질 쳤다.

　"허헛……."

마지 못하는 헛웃음을 지으며 어색한 미소를 지어 보였다.

나 범인이라는, 그리고 당신의 그 야릇한 짐작이 맞다는 의미가 담겨 있다.

　"헤헤, 급한 볼일이 생각났지 말입니다. 그럼."

후다닥— 캐티는 줄행랑을 놓았다.

나는 썰렁한 방 안에 백이와 남았다. 향기가 코끝을 간질러 왔다. 꿈결에 맡은 그 향기였다.

우씨—!

그제야 캐티에게 해줄 말이 튀어나왔다.

　"…이, 치한녀 같으니라고!!!"

아우—!

이 지오님이 가상에서 추행을 당하다니.

나도 모르게 옆에 있는 백이의 목을 와락 끌어안았다.

세상에 믿을 사람, 아니, 믿을 여자(?) 없다더니.

이제부터 네가 나를 지켜주는 거야—?!!

더없이 진지한 눈으로 백이를 쳐다보았다.

호— 힝~ 호— 힝~!

알았다는 것인지 얼레리꼴레리인지 의미불명이다.

…얼음물이 필요해!

*　　　*　　　*

······.

정신이 공황상태에 빠진 나를 구한 것은 하늘에게 들려오
는 소리였다.

<u>후부우우우우우우우웅—!</u>

하늘 위에서 울려 퍼진 금관악기의 울림에 정신을 차렸다.

밖으로 튀어나가자 문 밖에 캐티가 눈물을 훔치고 있다.

나를 보자 고개를 푹 숙였다.

"…죄, 죄송해요. 다, 다시는 안 그럴게요."

캐티에게 따져야 한다는 생각보다 손가락으로 하늘을 가
리켰다.

"안 들려?"

"예? 뭐, 뭐가요?"

“뭐라고 하나? 나팔 소리는 아닌 것이 금속 파이프에 바람이 울리는 것 같은 긴 소리 말이야.”

“…파이프 오르간 같은?”

캐티도 소리를 들었는지 눈을 가늘게 뜨며 나처럼 손가락으로 하늘을 가리켰다.

분명 자연적인 소리는 아니었다.

……!

선명하게 들려왔다.

한밤중 시커먼 하늘 위에서 기이한 진동음을 토하는 물체가 검은 그림자를 드리우며 부락 위로 내려오고 있었다.

ㅂㅇㅇㅇㅇㅇㅇㅇㅇㅇ옹—!

OF TEN DIVINE NAMES
Act 02
강철리그 이단아

機甲戰記
Massacre
기갑전기 매서커

집어 치워라—

당장 추방하라—!

강철리그에서 퇴출시켜라—!!

자유도시가 모욕당했다—!!! 당장 제명하라—!!!

자유도시 곳곳에 항의성 대자보가 붙었다.

대자보엔 빛의 여신으로 화해 빛 덩어리로 윤곽 처리된 빛느님 비쉬느가 챔피언을 상징하는 월계관을 수여하는 그림이 담겨 있다.

한데 그 대상인 건강하고 건실한 메카닉 치프, 테이머 지오의 모습은 온데간데없고 이런 추물, 아니, 흉물이 따로 없는 위인이 월계관을 수여받고 있다.

녹색 나뭇잎 한 장이 똥 덩어리 위에 붙은 모습을 찬란한 빛줄기가 비추고 있는 느낌이랄까.

그랬다. 대자보에 붙은 나의 모습은 바라보는 유저마다 전부 달랐다.

자신들의 미의식에서 가장 혐오스러운 모습으로 내 모습이 보여져서다.

본의 아니게 천의, 만의 얼굴을 가진 유저가 됐음이라.

…뭐, 별 불만 없다.

유저들이 혐오할수록 강해질 것이기에.

시기 질투는 가소롭고 미움에 강한 지오 아니던가.

내 불만은 이런 거다. 무릇 유저들이 주관하고 주최했던 자유도시 초대 강철리그 챔피언 아닌던가.

무려 오백만 유저들이 즐기고 그중 이백만이 이 자유도시를 중심으로 생활하고 있다.

즉! 광고 스폰이 물밀듯이 덮치고, 미인 스폰서가 흐물거리는 엿가락처럼 들러붙어야 되는 거 아니냐고?!

한데 이게 뭐냔 말이냐?!!

"이랏차― 조이고, 조이고. 돌리고, 돌리고―"

이마에서 흘러내린 땀이 뺨에 묻은 먼지와 기름때를 지나치며 검은 물이 되어 턱 끝에서 떨어지고 있다.

"헉, 헉!"

있는 힘껏, 근육이 터져라 강철거인의 대형 나사를 조이고 있다.

일거리는 줄어들 기미를 보이지 않고 있다.

자업자득이라.

32강에서 나이트 급 강철거인을 획득했다. 이후 16강과 8강, 4강, 결승을 거치며 무려 팀 유니콘은 다섯 기의 강철거인을 보유하게 되어, 전부 같은 소속이라는 느낌이 들도록 장갑을 교체하는 중이다.

아니, 잉여 기체는 팔아야지? 형편이 좋은 팀도 아니면서.

내 말이 그 말이다.

팀원 만장일치로 두 기의 강철거인을 팔기로 했다.

한데… 강철거인 리그 사무국에서 공표를 했다.

다음 리그는 2주 뒤에 치러지며 떨어진 강철리그의 명성을 회복하기 위해 5인 1조의 단체전으로 경기를 진행하겠다고.

그렇다. 단체전을 하신단다.

그 덕에 다섯 기는 기본에 예비기체로 두세 기 정도 준비는 되어야 함이지.

당연히 잉여기체를 팔아 여유를 챙길 여력이 사라졌다.

여력은커녕 지금처럼 쌩 노가다를 해야 함이니, 테이머 지오는 어딜 가나 몸으로 때워야 하는 저주받은 캐릭이 아닌가 싶다.

"야, 눈땡그… 아니, 존경하옵는 단장님."

“네에.”

팀 유니콘의 단장인 달리가 약간 기죽은 톤으로 답했다.

이런 제대로 안 됐군.

연장을 내려놓고 옆에서 삐죽삐죽거리는 달리를 쳐다보았
다.

캐티의 붉은 머리가 불이 활활 타오르는 붉은 머리라면 달
리의 붉은 머리는 은은한 핑크톤이 가미된 색이라 보기 편한
편이다.

그리고 허름한 멜빵 바지로 커버하기 버거운 불럭버스터
의 소유자에 얼굴 형태가 만화 캐릭 같이 볼살에 눈까지 동굴
동글한 게 여간 귀여운 것이 아니다. 무슨 짓을 해도 웃음이
나온다고나 할까.

그렇게 놀려 먹고 싶은 여동생 이미지가 강하다.

아니, 여자 캐릭은 무조건 가슴만 보냐고?

보이는 걸 어쩌라고?

그리고 여성이 여신일 수 있는 증거에 웬 딴지?

찬미는 못할망정 시비는?!

그러니까, 난 여신 찬미자는 못 되지만 찬미 후보자라니까.

달리는 발육을 극성으로 연성한 아가씨로, 떠오르는 여신
후보임에는 틀림없어.

나 같은 E&T 10대 흉인과 같이 있을 수 없는 캐릭이라.

여하튼 그런 여신 후보께서 처절한 좌절을 맛보는 중에

있다.

"다, 나 때문인가?"

"칫, 그것관 상관없었어. 다른 팀에서 몸값으로 이미 때렸더라고."

"때렸다라?"

"자금력과 현실의 스폰까지……. 스카웃 제의 자체가 달랐어요."

"아씨, 그런 베팅이 왜 나를 덮치지 않는 거야?!!"

"치, 칫, 쳇!"

달리의 볼이 살짝 부풀었다. 바로 이 모습이야.

"허허, 그렇다면 의리로 붙들 만한 골렘 오너는?"

"더 기대하기 힘들어요. 오히려 무슨 이유에선지 반대편에 붙어버렸네요. 다를 어떻게 그럴 수 있는지……."

"꼬마, 그게 어른들의 세계라 이거지."

"흥. 추행 유저 주제에 어른 타령은."

"크으……."

요, 눈땡그리가. 감히 누구 덕에 그런 오해의 첩경을 쌓았는데.

그렇다면, 나는 어른(?)답게 목소리를 낮게 깔았다.

"자, 그럼 정리해 볼까?"

"……?"

"단체전에 참가하려면 최소 5인의 골렘 오너가 필요하다.

맞지?"

"……네."

목소리 톤이 줄어들었다.

"좋아! 그런데 팀 유니콘엔 함량 미달, 겉멋 절정 골렘 오너 한 명!"

"흐윽."

"더불어 두 명의 자격 미달 예비 골렘 오너가 있다. 오케이?"

"……."

볼이 볼록 부풀어 올랐다.

바로 이 재미에 놀려먹는다니까. 오늘은 진도 더 나가자.

"테스트 결과 한 명은 20분 기동 시간을, 두 명은 5분의 기동 시간을 채우기도 버겁다. 맞지?"

"으으."

부푼 볼이 부들부들 떨고 있다.

그 때문에 유망한 골렘 오너를 찾아 이리저리 헤맸으니.

아직 안 끝났어—?!

"한데 다른 팀의 강철거인들 중량급 장갑에 방패로 보호받고 있다. 그런 고중량으로 최소 30분간 전투 기동을 할 수 있다. 제 전력 분석이 맞습니까?"

"흐흑."

댕그란 눈엔 물이 옅게 고였다.

이 모습도 귀엽다니까. 막 나가서 확 울려 버릴까?

이미 전 세계 반의 미움을 받은 캐릭이니 막 망가져도 된다.

이것이야말로 진정한 자유도를 누리는 캐릭이 아닐까.

"자, 결론 나왔습니다. 이번 단체 리그는 참가를 포기해야 함이지. 팀 유니콘은 개인전 참가 전문 팀으로 가야 한다, 이거야."

"……."

할 말 다 끝났다. 얼른 두 기의 강철거인을 가격 좋을 때 팔아치우자.

생활 잉여, 테이머 지오 덕에 팔자 한번 펴보자.

한데 달리의 울 것 같은 표정이 변했다. 아니, 이것은 반격의 썩소? 뭐지?

"…근데요?!"

"으, 응?"

"조금 전 강철거인 운영위원회에서 통보가 있었어요."

"뭐라고?"

심드렁하게 되물었다.

"단체전 참가팀에 한하여 개인전 참가 자격을 부여하기로 한다고요."

"……!"

아놔, 뭐 이런 십장생들을 보았나?! 전형적인 표적 퇴출 규칙이다.

"그리고 2회 이상 개인전이든 단체전이든 참가하지 않는 팀과 골렘 오너에겐 강철리그가 부여한 모든 타이틀을 박탈한다고요."

"그, 그런……."

"비쉬느님을 대동하고 빛의 탑까지 배웅하는 임무는 아마 다른 유저에게 돌아가겠죠. 메롱~"

"헉!"

강철리그에서 우승하자 자유도시의 수호기사 타이틀과 빛느님 비쉬느의 호위기사 자격을 획득했다.

영광, 영광, 가문의 영광이자 빛나는 영예!

자유도시의 수호기사 따위야 개나 줘버려도 상관없다.

하나 내가 왜 이런 노가다를 마다하지 않고 있음인가?

다음 강철리그 개최 일에 비쉬느 곁에서 호위기사 역할을 하기 때문이다.

내 영혼이 착해지는 하루에 몇 안 되는 시간이 있었으니 그녀를 에스코트해 빛의 탑까지 안내하는 단 5분간이라.

5분……. 한없이 부드러운 존재감을 느끼며 따사로운 햇살을 느낄 수 있는 영원 같은 순간!

뭐랄까, 휴일 오후의 달콤한 데이트랄까.

전혀 고통없는 동화율의 고조가 무려 5분간이나 지속되었다.

돌아서는 덤덤한 눈빛에 아쉬움이 어려 있기에 안타까움의 먹먹한 전율이 온몸을 지배했다. 그녀는 늘 어두운 타워 속으로 사라졌지만 그 아쉬움마저 고대하고 있음이라.

그렇게 가마에서 탑까지 몇 발 에스코트했을 뿐이다. 빛의 탑 내부로 들어갈 자격이 되지 못함을 스스로 알고 있기에 무리해 들어가려 하지 않았다.

주위에 저주의 불을 켜고 있는 청혼자 무리에 절대 쫄아서가 아니었다.

달리 그녀의 마음을 진정으로 얻는 절차가 필요해서도 아니다. 우격다짐 식으로 밀고 들어 갈 수 있지만… 내가 왜 내 로망을 뭉개 버리겠는가.

하루 중 최고의 행복감으로 고조된 그 순간을!

그런데 그 짧은 시간조차 용납할 수 없단 말이냐?!

청혼자들의 농간이 감지되었다. 비쉬느와의 시간이 더 이상 허용되지 않을 것 같은 예감은 적중했다.

나는 그저 비쉬느와의 완보 5분이면 만족한다.

그렇다. 오직 나는 하루의 이 5분을 위해 수백만의 유저들이 죽일 듯이 노려보는 시선을 견디며 자유도시에 있음이라.

로망 찐·다고?!

내가 약간 로맨틱했지?

…보라—!

그 5분의 순간을 수많은 유저들이 이를 갈며 지켜보고 있는 그림을. 누군가는 중계까지 한다.

무려 5백만 유저에게 엿을 선사하는 유일한 보복의 시간이 어라.

감히 '로망+보복' 타임에 비토를 놓으려 하다니?!!

그리고… 눈땡그리 주제에 감히 도발을…….

지금까지 네가 보태준 게 뭐냐?! 앙?!

좋아, 나의 로망은 내가 지킨다!

우선 눈앞에 커다란 눈알을 굴리는 불량 소녀에 대한 응징부터 시작하자.

달리의 도발에 전혀 그렇지 않은 것처럼 의연한 표정으로 무장했다. 언제 헛바람을 토했냐는 듯.

그래, 흔들리면 지는 거야.

그러자 긴장 타기 시작하여 눈에 힘을 불어 넣으며 멜빵에 두 손을 가져가 꽉 붙드는 달리였다.

홍, 시작도 하기 전에 긴장 타기는.

"그렇다는 것은 팀 유니콘의 해체가 코앞이란 이야기?"

"…앗!"

그렇다. 나만 꽈지모도가 되는 게 아니라, 팀의 존폐가 걸려 있다.

단체전에 나가지 못하면 개인전도 없음이니.

규칙을 만드는 게 힘있는 놈들이면 이런 식으로 엿을 선사한다.

“우리 이제 어떻게 하죠?”

“단장님이 걱정할 문제 같습니다그려.”

까칠 퉁명하게 대답했다.

“…으, 흐헝어엉……. 이러지 말고!”

“글쎄요, 저라고 뾰족한 돌파구가 있겠습니까?”

“팀 유니콘 단장 자리를 넘길게요.”

“곧 해체될 팀의 단장을 맡아보았자입니다.”

이 영악한 것을 보았나?!

스카우트 권한은 단장의 고유권한이다.

“우리 이러지 말기!”

“기??”

긔면 긔지 기는?!

“…이러지 말긔?!!”

“긔?!”

잘못 들었나, 전혀 귀엽지 않거든?!

“…오라버니…….”

“뭐시라?”

“……오빠?!”

“뭐시기?”

“앙, 나보고 어쩌라고. 이러지 말고 팀을 지켜줘요. 오빠도 팀이 해체되는 거 싫잖아―?!”

쯧쯧, 방방 뛰기는.

"……."

그나마 비장의 수가 있는 줄 알았는데 오빠까지인가 보다.

오빠의 로망을 자극하는 상상력이 부족한 것 같으니.

"조건이 있습니다."

"…뭐, 뭐죠?"

그녀는 눈물이 고인 커다란 눈을 위태롭게 흔들며 어깨 멜빵을 꼭 쥐었다.

덕분에 발출하는 가슴 박력!

음, 계산된 동작 같긴 한데 흔들리면 안 되지.

"이 오라버니께선 단장님의 애교에 죽고 사는 거 아시죠?"

"그, 그랬나요?"

그런 적 없다. 이제부터지.

"친동생들한테선 전혀 기대할 수 없는 애교가 있습니다. 저는 죽기 전에 그런 애교를 부리는 동생을 보고 싶은 것이 소원입니다."

"도대체 어떤 애교기에."

약간 안도하는 달리었다.

내가 여동생 둘에게 굴림을 당한 오빠라는 사실이 그녀가 내게 품은 오해를 많이 희석시켜 주었다.

뺑자, 깡자로 불리는 두 포악한 여동생의 존재는 자신을 향한 도발(?)을 '착한 여동생 콤플렉스'라고 친절하게 정의까지 내려주었다.

“그것은……”

“?”

“바로 ‘뿌잉뿌잉’ 입니다.”

“…….”

무슨 말이냐고 눈으로 물어왔다.

거참 맥 빠지게, 이래서 외동딸은 애교가 없다니까.

나는 민망하게도 동작을 만들어 소리없이 뿌잉뿌잉을 선보였다.

아, 손가락이 오그라든다.

내가 여동생들에게 살려달라고 할 때 발휘하는 신공이지.

그렇다. 우리 집은 주객전도다!

가상이건만 팔뚝에 소름이 오돌도돌 돋았다.

나도 후회한다.

아니나 다를까, 주변에서 거친 야유와 헛구역질이 터져 나왔다.

확—! 저것들이!

“…으으…….”

역시나 기절하기 직전의 얼굴에, 눈이 커다랗게 떠지는 달리였다.

우들두들 전신에 소름이 돋나 보다.

기어이 뻐끔뻐끔거렸다.

"…어, 어떻게 그런 참담한 짓을……."

"아니 뭐, 팀 해체하면 더 참담해질 텐데 누가 더 참담해지나 보든지."

도대체 네가 팀을 위해 한 게 뭔데?

착한 여동생으로 내 비위 좀 맞추어달라니까?!

소원이라잖아, 그리고 가상이고.

"으, 으."

쓴 한약을 삼키는 신음이 흘러나왔다. 하지만 멜빵을 쥔, 주먹 쥔 손은 부풀어 오른 뺨에 가져가고 있다.

…설마, 정말로 하려는 거야?

아니 농담이거든?

스, 스탑! 됐거든?! 하지 마―!!!

"농담입……."

말을 끝낼 수 없었다.

"…부웅― 부웅……."

둥근 볼을 어색하게 비벼대는 작은 두 주먹이 애처롭다.

푸흡―!

아니, 이건 마치 유령이 부리는 애교잖아.

내가 원하는 건 이게 아니리고?!!

아씨, 하려면 제대로 하든가?

자신도 자신의 동작이 뭔가 함량 부족이라는 것을 아는가
보다.

주기장이 고요하다. 모든 시선이 달리를 향하고 있다.

다들 응원(?)하고 있다.

달리의 표정이 비장하게 변했다.

머리색이 찐한 핑크빛으로 변했다.

오, 분위기가 전혀 달라.

…….

이 인간들이 말릴 생각은 안 하고 다들 기대하고 있어.

여하튼 작렬!

"뿌잉뿌잉―"

"…크윽!"

"오방― 스카웃, 오케잇―?!"

"……."

말려 죽이는구나.

털썩!

달리의 귀여움을 덮치려는 손으로 간신히 가슴을 부여잡
고 그 자리에 쓰러지고 말았다.

아스피린, 아스피린―! 파스도 좋아.

나만 그런 게 아니다.

털썩털썩― 주변에 숨을 죽이고 있던 뭇 유저들과 팀원들

역시 가슴을 부여잡고 쓰러졌다.

주변에 감히 서 있을 수 있는 남성 유저가 없다.

…….

농담은 농담으로 그쳐야 했어.

아우라, 아니, 잔상이 남아… 계속 시키고 싶어지잖아―!

경고, 경고―! 인공지능 교란 행위를 중지해 주십시오.

강요에 의한 특이 행동에 의해 심신에 강한 충격이 전달되었습니다. 지극히 혼란스러운 상황입니다. 스텟 및 동화율 교란 상태입니다.

'뿌잉뿌잉'을 저주 스킬로 등록하시겠습니까? 남성 유저에 특화된 교란 행위입니다. 효과 120%입니다.

과연, 인공지능까지 여파가 미쳤다!

"우아앙―!"

하나 울음을 터뜨리는 달리였다.

…천벌을 받을 거라고?

이미 천벌 받고 있거든?!

*　　*　　*

발등에 불 떨어졌다.

돈 있고, 나름 힘있고, 불특정 다수에게 지지받으면 뭐하나?

규칙을 만들지 못하면 말짱 꽝이다.

현실도 가상도 인간이 엮이는 사회라는 건 불변의 진리라.

'규칙을 만드는 자'가 진정한 권력자!

그렇다. 진정한 권력이란 규칙을 만드는 힘이다.

팀 유니콘이, 아니, 내가 이들에게 제대로 걸린 것이다.

골렘 오너 스카우트까지 내 손으로 해결해야 하다니?!

뭐 이런 꽝당 팀이 있단 말인가.

애초부터 꼬인 거야.

헤헤, 그래도 여동생에게 단 한 번도 받지 못한 뿌잉뿌잉을 선사받았어.

가상이지만 나름 소원 성취라.

대만족!

게다가 알 수 없는 버퍼가 들러붙었다.

이 버퍼가 어떤 위력을 발휘할지는, 리그전에서 그 가치를 드러내리라.

'뿌잉뿌잉 버퍼'라 해두자.

일단 후보군을 추려 보자.

…어디 보자, 동신 팬텀은 나름 공인이기에 팀 유니콘에 끌어들일 수 없다.

절대 장미의 눈 밖에 나기 싫어서가 아니다.

제일 강력한 패인… 매서커는 거리가 멀다. 게다 오크들과 친해질 필요가 있다.

엘프와 드워프의 공적으로 지목당해 돌아오는 길은 오로지 도보로 해결해야 하는 애로까지 있다.

후회 안 한다. 안 한다니까?!!

옳지, 기계사 지오가 확보되었다.

우우의 노래(?) 버퍼를 기대할 수 없지만 밥값 이상은 할 것이라.

또 누가 영양가가 있더라?

옳거니, 결투 중독자 골든 보이가 있구나.

요즘 매서커의 부재로 많이 심심하리라.

먼저 체내 통신을 열었다.

오, 접속해 있어.

요즘 '보석 강탈녀' 까지 없으니 살이 붙는 중이라지.

"골든 보이님?!"

"네, 스승님."

"하하, 목소리가 비슷하죠. 전, 테이머 지오입니다."

"오오, 그 지오가 같은 지오님이니 스승님으로 모시죠. 헷갈리지 않게 말입니다."

"헤헤, 단도직입적으로… 몸 한번 푸시죠?"

"싸움입니까? 거기 어딥니까?"

오옷, 역시 화통한 성격!

아니면 결투 상대가 부재중이라 따분해서든지.

"자유도시예요."

"좋습니다. 누굴 손보면 됩니까?"

"……."

어감에 실린 든든한 보호자 포스……. 빌빌한 테이머 지오가 어디서 다구리 맞고 다닌다 여기고 있음이야.

저 그렇게 할랑 안 하거든요?!

하나 간만에 느껴지는 사나이간의 끈끈한 주먹 우정이랄까.

"허허, 피케이 에스오에스를 치는 게 아니구요. 골렘 오너로서 아르바이트 좀 하시라 이겁니다."

"음……."

그는 결투 트레이너로 매서커를 단련시켰고 매서커는 그를 골렘 오너로 트레이닝했다.

상부상조!

지오 캐릭들이 전반적으로 스페셜 듀얼 리스트가 될 수 있었음은 골든 보이 공이 컸다.

현실의 싸움과 가상의 싸움은 전혀 다르다.

유저마다 히든 스킬이 있고, 결정적으로 동화율이 개입하기에 연습 상대 수준이 높을수록 그 급이 달라진다.

기억해야 할 것이다. 초창기 그를 제압하기 위해 전 지오 캐릭이 개처럼 엉겨붙었음을.

여하튼 골렘 오너로서 그의 실력은 상급은 못 되어도 중상은 된다.

게다 요즘 강철거인 기동에 취미를 들이더니 현실의 '워커' 학원까지 다니고 계시다.

너무 진지하다고나.

그리고 당연히 실전이 필요한 상태. 한데,

"드디어 자유도시 정복입니까? 이 순간을 기다리고 있었습니다."

비장한 어투로 물어왔다.

"……."

역시 이분도 나 못지않은 딴 세상 사람이야.

게다 나를 너무 높이 보고 있어.

"그런 거 아니고요. 강철리그에 출전하는 데 팀원이 부족합니다."

"오옷! 그 강철리그! 크게 관심 있었습니다."

급 관심을 표해왔다. 하긴 당연히 결투 중독자니까.

"이번엔 단체전이지만 다음번에 개인전에 참가하도록 힘쓰겠습니다."

"무슨 말씀, 지오님의 부름인데 단체전이든 개인전이든 가릴 게 아니죠. 당장 가겠습니다."

"넵! 준비해 놓겠습니다."

"아참, 가기 전에 부탁 하나 드릴게요."

"예, 뭐든지요."

"…거기, 곱등이란 유저랑 한판 뜨고 싶은데 선 좀 대주세요."

"……."

"맨몸 듀얼도 좋고, 강철거인의 겨룸도 좋습니다."

"……허."

아니, 당신마저… 왜 이러세요.

하나 어쩌랴?!

다 된다고 해야지. 선수 기 죽일 필요 없다.

"시간하고 장소하고 주선해 보겠습니다. 제가 꽤 안면이 있거든요."

"역시, 마당발 테이머 지오십니다."

"허허."

뻗쳐 나오는 불을 잠재우기 위해 체내 통신을 껐다.

여하튼 골든 보이 한 명 당첨.

그렇다, 바로 이것이 '의리의 부름' 이라!

아씨, 그 다음이 문제다.

작은곰이와 큰곰이 전투 캐릭도 골렘 오너 자격을 딴 상태다.

이들과는 현실의 상담이 필요하다.

부탁하면 물불을 가리지 않고 참가하려 하겠지만 그만큼

작업장 매출에 지장을 초래할 것이다.

가상에서 굴리는 사업체가 눈코뜰 사이 없이 돌아가고 있는 상황이다.

내가 저지른 일(?)이 많아 뒤치다꺼리를 한다고 코피 쏟고 있다.

어디 남은 잉여 캐릭 없나?

오호, 있다.

조명기사이자, 클럽 판돌이!

정령의 수호자 멘탈 지오에게 골렘 오너 자격을 부여하자.

허수아비처럼 서 있어도 30분만 버티면 되잖아.

이러면 세 명은 확실하게 확보한 셈인가.

곱등이 지오, 겉멋 절정, 골든 보이, 기계사 지오, 멘탈 지오까지 하면 간신히 팀을 꾸릴 정도는 되었다.

그래도 불안하다.

다급하게 현실로 접속(?)했다.

Act 03
의리의 부름

機甲戰記
Massacre
기갑전기 매서커

짝짝, 손뼉을 울렸다.

"티타임 가지죠."

가상에 있는 두 곰에게 음성 메시지를 날렸다.

""오키―""

둘 다 반갑게 응했다.

거래 중계지만 연속으로 3시간째 접속했으니 피곤이 몰려오고 따분할 타임이라.

작업장 막내로서 아직까지 남은 임무가 있다.

그들이 정리하고 현실로 나오는 동안 원두를 박박 드글드글 갈았다.

동시에 물을 데웠다. 적외선 스카우트로 물 온도를 확인한 후 빈 잔에 뜨거운 물을 부어 잔을 데웠다.

잔 데우기를 마친 다음 세 개의 잔에 드립 용기를 얹고 각자의 기호에 맞게 원두를 배분했다.

꽤 여유가 느껴진다고?

그 돈 벌어 뭐하냐고 궁금할 것이다.

독립했다. 여친을 끌어들이는 일만 남았다.

에이, 설마 신사인 이 지오님이 실행에 옮길까?!

…헤헤……. 너무 깊이 상상하지 마시길.

다음으로 쾌적한 가상 환경을 위해 가상 드라이브를 업그레이드해 주고 가상단말기를 최적으로 세팅한 다음, 비장의 한 수로 쓰일 바이오 글러브 같은 악세사리를 구입했다.

무려 자동차 한 대 값이 들어 눈 튀어나오는 줄 알았다.

한데 이 미세한 차이에 동화율이 2~3% 상승한다. 가상인이면 목숨 걸 만한 투자다.

그다음 작업장 복리후생시설에 대한 투자로 커피전문점급 기기를 탕비실에 갖추었다. 중고기기지만 나름 물 건너온 기기로.

나나 두 곰이나 대다수 청춘들이 그렇듯 커피 전문점 아르바이트를 한 경력이 있기에 자신의 기호에 맞출 정도로 기기를 다룰 수 있다.

큰곰이가 놀랍게도 바리스타에 와인 감별사 자격을 가지

고 있다 했다.

아, 스파게티도 잘 만든다.

아양에 재롱을 떨어야 만들어주는 것이지만.

미식 탐방이 취미인 이 시대의 흔한 식탐 천재랄까.

더불어 작은곰이는… 장비 계열로 올드(?)어댑터 기질은 못 말릴 정도다.

그 얼리어답터가 아니다.

게임기, 스마트폰과 디지탈 카메라 등 두 세대 전 골동품 정보 통신 기기를 다시 살려내는 게 취미다. 끼리끼리 모이는 동호회 활동도 열심이고.

시간과 사람의 이야기가 담겨 있다는데, 글쎄…….

말이 나온 김에, 흔한 빈티지 애호가는 아니다.

'…모든 것은 낡아가지, 거금을 들여 샀던 아이템이든 매대 가장자리에서 빛나던 아이템이든. 흘러가 버린 시간만큼 낡아버린 시계 같이 거기서 느낄 수 있는 것은 약간의 애잔함 이랄까, 지나온 시간만큼의 애착이랄까. 이런 것들을 앞에 두 고 상상해 보지. 이 물건들이 겪어온 세월, 사람, 품고 있는 이야기까지……. 그래, 향이 밴 이야기를 탐구한다, 랄까.'

감히 동감하기 어려운 철학적인 이야기를 하며 녹색 장난 감 인형을 선물했다.

다수에 각박하면서 일부에 넘치도록 풍요로웠던 시대에 대한 향수를 느껴보라며.

그렇게 당시 통신사 경품인 녹색 '안드로이스키' 인형을 선물받았다.

글쎄⋯⋯. 그 시대나 지금이나 별로 달라진 게 없는데 말이다.

내 눈엔 그저 철학적 과소비꾼으로 보일 뿐.

하여간 나름의 호사(?)는 무엇을 말함인가?

그렇다, 큰곰이와 작은곰이 렙업 주스의 지긋지긋한 저주에서 해방되었다는 것이다.

안 그래도 여유 넘치는 공간을 럭셔리한 아이템으로 채우는 중이다.

여기서 어이없는 사건!

반목하던 경쟁 공장장들이 그 사건 이후 별 싱거운 핑계로 자주 찾아오고 있다는 것이다. 우리를 그렇게 못 잡아먹어 안달이더니 기어이 공적으로 지목한 아래층 거대 작업장과 손을 잡기까지 했으면서.

뻔뻔하게 얼굴을 들이밀다니⋯⋯. 어쩔 수 없는 선택이었다, 나.

얼굴 두께가⋯ 역시 업자는 아무나 하는 게 아닌가 보다.

그들은 형제 작업장의 분위기가 다름을 본능적으로 감지한 것이다.

원래 느긋하지만 사장님 허세 부리던 큰곰이 회장 포스를 풍기질 않나, 까칠한 작은곰이는 별 타박도 눈치도 주지 않는다.

그들이 노하우를 정탐하려 몇 마디 찔러보았지만 나오는 답이야 '우리는 다 비웠다!' 라는 답을 들을 뿐이었으니, 아주 몸들이 달더라.

근례엔 몇몇 작업장이 대놓고 유능한 멀티트레이너가 있는데 소개해 주겠다는 제안까지 하고 있는 상황이다.

아니, 본인들 발등에 불이 떨어졌다면서 말이지.

거절하기 뭐해 면접보러 오라 해두긴 했는데 아직 보러 온 트레이너는 없다.

채용을 간절히 바라다 지금은 스파이를 우려해 고민해야 하는 처지가 되었는지.

작업장 운영은 아무리 작아도 수월한 일이 아닌 것이었다.

여하튼 스파이든 신뺑이든 박박 굴릴 자신 있다.

E&T에서만큼은 자신이 붙었기에.

…상념을 지웠다. 다시 드립커피를 만드는 과정으로.

작은곰이는 콜롬비아를, 큰곰이는 이가체프를, 나는 인도네시아 만델링을 좋아하지만 오늘은 특별한 날이기에 제주도산 유기농 원두로 통일했다.

아열대 기후로 변한 제주도는 커피 원두 재배지가 되었다.

…더럽게 비싸다!

한국산이면 뭐든지 비싸다. 그런 세월과 세상에 살고 있다.

노노, 이 순간만큼은 돈으로 환산하면 안 되지, 암!

주전자 주둥이를 돌리며 뜨거운 물을 가늘게 조절하여 드립 용기에 부었다.

원두가 부풀어 오르며 여과지를 통해 검붉은 액체를 뚝뚝 떨어뜨렸다.

귤 향기 배인 커피향이 그윽하게 퍼지며 실내를 지배했다.

마음을 착 가라앉히는 그윽한 향기에 경직된 근육이 이완되며 가상에서 곤두선 미세신경까지 철저히 무장해제되었다.

극락지경!

가상과 현실에서의 갈등이 훨훨 날아가 버렸으니…… 현실에 왜 나왔더라?

에이, 몰라!

나만 그런 게 아니다. 고도의 신경전으로 심력 소모가 극심한 두 곰이다.

좀비처럼 흐느적거리며 다가오더니 각자의 전용 컵을 찾아 입에 가져다댔다.

…….

아무 말 없다. 그저 눈을 지그시 감고 열이 난 뇌를 차갑게 식히고 있음이라.

그렇게 우리는 아무 말 없이 태양의 향기를 음미했다.

"흐음, 이제야 사람 살 것 같군."

큰곰이 반개한 눈을 뜨며 입을 열었다.

제법 까탈스러운 고객과 흥정을 마쳤나 보다.

가상의 아이템을 흥정하는 것은 말 그대로 없는 물건을 파는 것이기에 사는 사람과 파는 사람 간의 신경전은 가히 전쟁 수준이다.

"선행 아이템이 풀리기 전에 바짝 당겨야지요."

작은곰이 지루함과 따분함을 이겨낼 명제를 말했다.

하나 그 역시 변함없는 일상에 상당히 지친 기색이 역력하다.

큰곰이 갑자기 진저리를 쳤다.

"알라봉도 팔 만큼 팔았고 복제품도 나오는데……. 으, 지겹다 지겨워—"

"그러면 플라즈마탄 같은 소모품이라도 팔아야지요. 지오가 어떻게 개발한 건데."

일탈로를 찾는 큰곰이에게 작은곰이의 견제는 병적일 정도로 집요하다.

형제 맞아?! 아니, 형제여서리라.

풀어놓으면 엉뚱한 사건으로 발전시키는 경향을 알기에.

"이건 아니야, 아니라고. 몸 풀고 싶어— 나는 게이머라고?!!"

큰곰이 과장된 몸짓으로 절규하듯 쥐어짰다.

"저 역시 던전을 누비고 싶습니다. 하지만……."

둘 다 내 눈치를 살폈다. 내가 벌려놓은 성과를 추스르는 과정에 있기에.

작은곰이 역시 지금의 일상에 따분해하고 있음은 확실했다.

"자자, 행님들—"

""오.""

동시에 고개를 쳐들며 반색했다.

형님을 행님이라고 할 때는 재미거리를 찾았을 때이기에.

이 둘 덕에 제법 어리광이 늘었다.

"우리, 당분간 선행 아이템은 창고에 구겨넣고 한번 뛰죠?"

""…….""

그러고는 싶은데 왠지 쉽게 결정을 내리지 못하는 두 곰이다.

NPC처럼 그 자리, 그 시간에 있어야 먹고사는 데 지장없어서다.

포기하기엔 하루벌이가 장난이 아니고 이 바닥 생리가 매일 흐르는 현금 흐름이 중요하니 놀고 싶어도 놀지 못하는 신세라.

당시 두 곰이 유적지대에서 놀지 못한 걸 천추의 한으로 여기고 있다.

"원정에서 간 지하 유적에서 장사만 했잖습니까? 화끈하게 한번 놀죠?”

““껀수가?””

“후훗, 수고하신 행님들을 위해 준비했습니다. 바로 자유도시의 강철리그입니다.”

““오옷!!!””

공대를 이끄는 부담스러운 대규모 원정도 아니고, 식상한 유료 던전도 아니다.

유저와 유저끼리 이루어지는 겨룸의 세계!

단판 단판이 순수한 유저로서의 기량을 발휘할 수 있는 기회가 아니던가?

두 곰의 웅심(熊心)(?)을 자극할 만한 이벤트이리라.

아니나 다를까?

큰곰이 외치며 일어났다.

“그래, 우리 단체로 구경가자—!”

“콜!”

작은곰이 역시 흔쾌히 동의했다. 한데,

“…에?!”

단체관람이라고라?!!

아니, 선수로 뛸 생각이 아니고 그저 단순한 구경꾼으로 말을 받아들이다니.

전사로서의 그 웅심(雄心)은 어디로 갔단 말인가.

정말 그 웅심(熊心)밖에 없는거야?

어떻게 자신들이 현역 선수라는 자각이 사라질 수 있단 말이냐?!

두 곰이는 마치 프로야구 야간경기 구경 가는 초등학생 같은 얼굴로 서로 마주 보며 흐뭇한 미소를 나누고 있다.

"역시 지오라니까. 자유도시에 가더니 그 귀한 관람권을 확보하다니."

"그러게요. 덕분에 곱등이 욕을 목이 터져라 하는 겁니다."

빠직—!

이 양반들이…… 주거쓰!

"…친애하는 두 분 행님들……."

으스스하게 불렀다.

하아, 현실에서 분노의 아우라를 일으킬 일이 생기다니.

""허끽!""

나의 돌변한 태도에 두 곰이 두 눈을 껌벅이며 서로를 끌어안았다, 도저히 영문을 모르겠다는 얼굴로.

벽면에 걸린 챙 넓은 붉은 모자를 썼다. 그리고 잠자리 선글라스도.

"오늘 부로 제가 두 분에게 사라진 전사의 혼을 깨울 수 있게 해드리겠습니다."

""?""

왜? 라는 의문이 두 눈에 가득 걸렸다.

그렇다. 어떻게 자유도시에서 내가 어떤 꼴을 당했는지 전혀 모를 수 있단 말인가.

돈독이 너무 올랐어.

"오늘 부로 가판 접습니다."

""푸웁—!""

"특·훈·입니다!"

""에— 에—?!!""

떠오르는 별, 기계사 지오로 악 소리 나게 굴렸다.

*   *   *

…한숨 돌렸다.

한데 너무 적극적이라고?

어허, 그 5분 로망에 쩔었다니까?!!

바른말 하라고?! 다 안다고?

헤… 들켰나.

나를 흥분시키는 건 뭐니 뭐니 해도 머니(Money)다.

그렇다. 암흑리그 때문이다!

첫 강철거인 리그에 무려 32개 팀이 참가했다.

다 알다시피 곱등이라는 의외의 유저가 우승만 하지 않았으면 최고의 이벤트였다는 게 유저들의 중론이다.

나름의 베팅 시스템이 작동해 오가는 판돈이 장난이 아니었다.

E&T에선 모니터링하는 시늉만 하며 방치했다.

어떻게 그 규모를 아냐고?

사실… 비쉬느를 통해 암흑리그에 배팅을 걸게 했다.

대리 베팅을 비쉬느는 내켜하지 않았지만 거절하지도 않았다. 그녀 역시 호기심이 발동한 것이다.

막가파 청혼이 장난이듯이 그녀 역시 장난처럼 치부했다.

하나 그 결과……. 결승전 배당률에 놀라지 마라.

무려 67.8대 1이었다!

그리고 암흑리그 최소 베팅 금액은 얼마냐면… 무려 1백만 원이다.

16강부터 딴 돈을 다음 판에 전부 거는 식으로 배팅했다.

16강 배당은 3.6대 1이었고, 8강은 2.4대 1, 4강은 1.8대 1이었다.

한데 결승전 배당률이 급등한 것은 그 결과를 예측하고 있었다는 반증이리라.

자, 그럼 암흑리그의 규모가 추산되어진다.

그리고 비쉬느가 장난처럼 건 것으로 치부되니 고스란히 이몸이 챙겼다.

그렇다. 비쉬느는 빛의 탑으로 가는 열쇠가 아니라 암흑리그의 보고를 여는 열쇠다!

이 지오님이 미쳐 돌아가는 이유가 단지 로망 때문이 아님이지.

머니에 대한 로망도 있음이라.

이 짜릿한 벌이를 어떻게 놓칠 수 있단 말이랴.

*　　　*　　　*

"팀 유니콘입니다."

골든 보이와 두 곰이의 밀리터리 캐릭들을 팀 유니콘 팀원들에게 소개했다.

팀 유니콘 멤버들은 갑자기 등장한 덩치(?) 네 명에 불안한 모습을 보이며 어정쩡하게 인사를 했다.

왜 아니 그럴까.

우선 골든 보이를 보라. 착 달라붙는 검은 가죽바지에 다부진 상체 맨살을 고스란히 드러낸 상태에 흉악한 야수 문신이 등판에 박혀 있다. 전신을 치장하던 형형색색의 커다란 보석들은 그 누군가에 털린 다음이라 차선책으로 선택한 굵은 금속체인으로 귀걸이와 목걸이를 대신하고 있다.

진력을 키우는 희귀금속 플레티늄 고리들로 팔찌며 목걸이며 겹겹이 주렁주렁 달려 있는 것이 세련된 야만이 느껴진다고나.

반달 형태로 굽은 길쭉한 도를 칼집 없이 허리에 비껴찬 것이 당장에라도 피를 부를 것 같은 폭력성을 발하고 있다.

가슴 전면엔 매서커 캐릭이 그려낸 흉측한 상처로 한가득이라.

그랬다, 상처 하나에 스킬 하나!

화룡점정으로 특유의 무관심한 눈빛까지 주변을 얼어붙게 만들기 충분하다.

…찬바람 분다.

기사 정복의 작은곰이가 정상처럼 보이지만 특유의 비아냥거림 담긴 냉소적인 미소가 입가에 걸려 있는 것이 말붙이기 힘든 까칠한 성격을 풀풀 풍긴다.

더불어 드물게 단창 두 개를 양손에 들고 곤봉 돌리듯이 돌리고 있다. 흉내 내기 어려운 묘기성 궤적을 아무렇지 않게 그리고 있다.

냉정한 승부사처럼 보이기 충분하다고나.

자, 이제 큰곰이다. 사납게 보이는 얼굴에 나름 수련의 성과로 남은 칼자국이 이마에서 뺨까지 길게 내려와 있다.

곰 같은 위압적인 체형에 풍성한 야수 털로 만들어진 의상이 더해져 위압적인 체형을 더욱 부풀렸다. 폭넓은 날이 번들거리는 거대한 도끼를 어깨 뒤로 비껴 교차한 형태로 착용하고 있다.

호기심 넘치는 눈으로 주변을 살펴보는 것조차 왠지 굶주린 야수의 염탐처럼 느껴진다고나.

목소리는 특유의 바리톤으로 우렁우렁하다.

"안녕하쇼—?!"

……

싸하다.

친근하게 인사를 건넸음에도 감히 받아들이는 멤버는 없다, 그저 더욱 움추릴 뿐.

이렇게 이 세 명에게선 공통적으로 산전수전 공중전까지 겪은 올드 유저 특유의 포스가 풀풀 풍겼다.

결정적으로 팀 유니콘 멤버들을 얼게 만든 존재는 바로… 기계사 지오다.

하아, 이걸 어떻게 표현해야 하나.

머리부터 발끝까지 불길한 회백색 본 아머로 덮여 있다. 손가락 하나까지 완벽하게 커버되어 있는.

그 어디에도 없는 갑옷 형태에 안면이 기계용 두개골을 그대로 옮겨놓은 모습으로 선량한(?) 얼굴을 완벽하게 가렸다. 두 눈에선 불길한 암적색 불꽃이 활활 타오르는 모습을 연출하니… 던전 막판 보스 같은 위용을 풍긴다고나.

이 본 아머의 제작자는 믿기 어렵겠지만 그 기적사 우우 되시겠다.

우우 없이는 이 흉측한 투구는 절대 벗겨지지 않는다.

이 갑옷엔 기적의 기운이 깃들어 탁하고 불길한 무지개 빛 아우라를 광배처럼 달고 있다.

왜일지는 그 짐작이 맞다. 거부할 염치가 없으니… 몸이 고생이라.

그 누구도 범접하기 힘든 위용을 그 덕에 연출하고 있다.

게다 E&T가 주목하는 10대 흉인 중 한 명인 곱등이 지오가 이들을 이끌고 있다.

영역 순찰에 나선 어깨들 같다고나.

여하간 5인이 주기장에 등장하니 주변 다른 팀의 시선까지 끌어당겼다. 이곳에 오는 내도록 어깨로 바람을 가르듯이 우리를 중심으로 유저들이 화들짝 놀라 흩어졌다.

그래, 너무 악당스럽다!

…….

분위기가 그러거나 말거나 골든 보이가 주기장에 도열해 있는 암적색 강철거인을 흘깃 보더니,

"부탁 좀 할까요?"

"네."

"오랜지색 도장을 부탁합니다."

"얼마든지요. 개인전을 염두에 둔다면 자신의 색을 알릴 필요가 있죠. 방패엔 화려한 불꽃 문양도 넣어드리겠습니다."

골든 보이가 하얀 이빨을 길게 드러내며 만족을 표했다.

주변에 풍기는 쟁투의 에너지에 반응하고 있음이라.

그의 말이 끝나기 무섭게 큰곰이 끼어들었다.

"나는 핑크색으로. 가슴 장갑에 붉은 하트를 두 개 넣어주

면 더 좋고."

"……"

확—! 죽여 버릴까 보다.

하나 마지못해 고개를 끄덕였다.

큰곰이는 도끼 전사, 럼버 나이트다.

바미안 주변 숲의 아름드리나무는 전부 그의 손에 베여 넘겨졌다.

강철거인 전에 특화된 골렘 오너가 아닐 수 없다.

한데 그런 무시무시한 위력을 핑크색으로 희화화(戲畵化)하다니.

어쩔 것이랴, 자신의 색이라는데.

그때였다.

"…저, 저."

강철거인 사이에서 달리가 다가왔다. 삐질삐질한 걸음이 오기 싫은 게 역력했다.

커다란 눈은 단단히 겁을 집어먹어 여느 멤버들보다 더 불안하게 흔들리고 있다.

다가올수록 다리의 후들거림이 눈에 보일 정도다.

…더럽게 무섭게 보이나 보다.

기계사 지오를 뒤로 물렸다.

한데 달리를 보자마자 뛰쳐 나간 이가 있었으니… 바로 큰곰이었다.

쿵쿵쿵―

　큰곰이는 달리 앞에 당도해 코에서 바람을 푹푹 뿜어내며 달리를 잡아먹을(?) 듯이 내려다보았다.

　"…어디서 이런……."

　충동을 억제하는 듯한 기이한 톤으로 웅얼거렸다.

　"으, 으……."

　달리의 얼굴은 하얗게 탈색되어 입술을 달달 떨었다. 둥그런 큰 눈을 빠르게 껌벅이며 내게 도움을 청해왔다.

　북미의 그리즈리곰 앞에 놓인 새끼 올빼미 같다고나.

　거참, 저래 봬도 사람 안 잡아먹거든?!

　큰곰이의 눈이 흐물흐물하게 풀려 있다. 두 손이 부들부들 떨렸다.

　내면의 무언가와 싸우고 있다!

　장난기가 발동했다. 어깨를 으쓱하는 것으로 별 도리 없음을 전했다.

　이에 달리는 꼼짝 못하고 눈물이 맺힌 눈으로 큰곰이를 그저 올려다볼 뿐이다.

　한데 큰곰이의 두 손이 천천히 올라오더니 달리의 부풀어오른 뺨을 잡아당기는 것이 아닌가?!

　그 누군가의 상황과 오버랩 되었다.

　"오빠 먹자?!"

　"……!"

쿵쿵쿵―

달리의 볼록한 양볼이 귀엽게 늘어났다.

근데 오빠 먹자?!!

아니 오빠를 하겠다는 거야? 아니면 오빠가 먹겠다는 거야?

어디서 본 그림이지?

그렇다니까, 내가 추행 유저가 된 데는 큰곰이의 미의식이 개입한 거라고—!

한데 마음속 충동을 실제로 옮길 줄이야?!

달리의 겁에 질린 얼굴은 곧 울상이 되었다.

"…흐아아앙—!"

기어이 울음을 터뜨리고 말았다.

아차하며 나와 작은곰, 기계사 지오가 몸을 날려 큰곰이를 덮쳐 갔다.

야이— 화상아—!!!

*　　　*　　　*

소동은 그쳤다.

큰곰이의 눈은 뭔가에 홀린 것처럼 풀려 달리만을 향하고 있다.

외형적인 위대한 전사로서의 위용이 무색한 그림이라.

"험험, 팀 유니콘의 단장이십니다."

"…달리예요."

달리가 머쓱하게 답했다. 큰곰이를 사납게 노려보는 걸 잊지 않았다.

그러자 뒷머리를 긁적이며 헤벌쭉 웃는 큰곰이었다.

미안하긴 미안한 모양이지.

그러는 사이 달리는 일행들을 살펴보며 놀란 눈으로 고개를 끄덕였다.

예사 유저들이 아님을 느낀 것이라.

유백색 갑옷의 기계사 지오를 보곤 진저리를 쳤다.

그런데… 왜 큰곰이에겐 문제의 E&T 추행 경고가 적용 안 되는 거야?

이거 은근히 불공평하잖아!

따지려는 찰나 다수의 무리가 팀 유니콘을 방문했다.

"여어― 팀 유니콘! 출전 준비 잘 되고 있습니까?"

재수없는 강철리그 준비위원이었다.

그리고 정탐하려는 의지를 풀풀 풍기는 다수의 유저가 그 뒤를 따르고 있다.

곱등이에게 당한 골렘 오너도 보였다.

그들은 앙심이 깃든 눈빛으로 곱등이 지오를 노려보았다.

아, 맞다. 단체전 등록을 마쳐야 할 시간이구나.

운영위원이 특유의 거만한 어투로 말했다.

"팀 유니콘? 단체전 기권입니까?"

"아니요. 팀 유니콘 단체전 참가합니다."

달리가 단장다운 당당한 어투로 대꾸했다.

"호오— 그럼 선수 등록을 합시다."

"여기 있어요."

그녀는 참가자 명단을 그에게 건넸다.

"……음."

준비위원은 설마 하는 표정을 짓다가 곧 표정이 딱딱하게 굳어졌다.

"……이럴 수가?!"

"왜요? 이상이라도?"

"아, 아닙니다. 전원, 골렘 오너 등록이 PART2 초기에 이루어진 유저들이라 놀랐습니다. 한데 어떻게 이런 유저들이 지금까지 알려지지 않은 거지?"

뒤의 말은 자신에게 한 말이었다.

자신이 알았으면 스카웃을 해서 팀 유니콘에 참가하는 걸 막아야 했다는 뉘앙스라.

한데 준비위원이 골든 보이를 보더니 동작을 멈추었고 골든 보이 역시 얼굴이 살짝 굳었다.

두 사람 사이에 사나운 눈빛 교환이 이어졌다.

…서로 아는 사이인가? 둘 사이의 긴장감이 예사롭지 않다.

……

그런 서먹함을 깨고 튀어나온 자가 있었으니.

"훗― 공짜 골렘을 타보시겠다고 이제야 시골서 올라온 거겠지."

심사가 꼬인 어감의 주인공은 청색 기사 정복 차림의 거만하게 팔짱을 낀 골렘 오너였다.

개인전 결승전 상대인 청기사 야콘이었다. 나이트급 강철 거인을 곱등이 지오에게 상납했기에 심사가 편할 리가 없다.

경기 그림을 복기하며 허세와 심리전에 밀렸음을 깨달았기에 더욱 그러리라.

야콘은 돈돈돈 후작에게 스카웃되어 팀 홍돈의 대장으로 임명되었다.

곱등이의 그림자만 보여도 지금처럼 나타나 시비를 걸었다.

주기장이 오픈되어 있어 이게 귀찮다.

나야 개무시로 일관했지만 여기 시골(?)서 올라온 남아들의 생각은 어떨지 모르겠다.

"이거야 원―! 반 벌거숭이에, 전봇대 꺽다리에, 그리즈리 곰 한 마리, 용갑(龍鉀)의 우주인이라?! 허세 서커스단이 따로 없군."

청기사 야콘……. 다른 유저들을 공공하게 혹평할 정도로 자타가 공인하는 듀얼리스트다.

무수한 유저들을 상대로 한 정당한 결투를 통해 이 자리에 올랐다.

당연히 많은 유저들의 원성을 샀기에 인기인으로 조명받지 못했을 뿐 실력은 도달자급으로 평가받고 있다.

강철거인간의 대결을 중병기로 이루어지는 타격전으로 판단해 도끼를 주무기로 사용했지만 실제 그의 주무기는 지금 허리춤에 걸린 대침이 연상되는 샤벨이었다.

유저간의 결투 시 샤벨을 상대편 인후에 찔러넣어 호흡곤란으로 실신 지경까지 몰아넣어 E&T에 주의 경고를 수없이 받았다.

야비하게 반들거리는 찢어진 눈이 나, 곱등이 지오를 무시하고 4인을 담았다.

……!

역시 목적을 가진 모욕이었다.

이중 누구든 나서면 정당한 듀얼로 망가뜨릴 심산이라.

한데 상대를 잘못 택했다.

…….

4인 중 아무도 나서지 않았기에.

골든 보이나 두 곰이나 또 다른 나인 기계사 지오나 행사의 주관자인 나를 바라볼 따름이다.

허락을 구함이지.

노노. 기다리라는 눈빛을 전달했다.

야콘에 대한 정보 토스—!

이에 골든 보이 등의 입가에 피식하는 비웃음이 걸렸다.

그렇게 4인이 그저 멀뚱멀뚱 야콘을 쳐다보니 도발을 기대한 야콘만 심사가 뒤틀린 뿐이라.

싸움을 기대한 유저들 사이에 실망한 시선까지 도발을 유도한 야콘에게 쏠렸다.

"쯧. 곱등이나 그 떨거지들이나 요행을 바라는 것들만 강철리그에 참가하니 격 좀 그만 떨어뜨리지?!"

"……."

분노 게이지 쬐끔 상승.

전 자유도시 유저의 미움을 받고 있는 곱등이에게 이 정도 모욕쯤이야. 한데,

"그 곱등이한테 발린 주제에 말하려면 그 눈이나 뜨고 말해보시지!"

발끈해 튀어나온 건 눈땡그리 달리였다. 목소리 끝이 바르르 떨었다.

와핫핫핫—!!!

싸움을 기대하며 모여든 유저들 사이에서 큰 웃음이 터져나왔다.

"허허. 추행 유저 주제에 여자 뒤에 숨는 건가?! 재주도 좋군. 그런 거야, 곱등이?!"

야콘은 입가에 비틀린 웃음을 흘리며 화살을 나에게 돌

렸다.

……도발 쩌는데?!

"속셈 모를 줄 알아—?! 선수 보호 차원에서 이 달리님이 상대해 주마—!"

오, 노—!

달리의 주업은 야수 사냥꾼이다. 밀리터리 격수 계열이지만 함정과 덫을 조합해 거대 야수를 상대하는 클래스다.

필드가 아니면 듀얼리스트의 밥이다.

"이거야 원. 골렘 오너 자격을 취득한 남정네가 다섯이나 되는데 전부 여자 뒤에 숨는 거야?!"

"내가 상대한다니까?!"

달리가 대들 듯이 외쳤다.

도움 못 되어 미안하다더니 이런 식의 의용 과잉이라니.

달리가 그러거나 말거나 신이 난 야콘이다.

"여— 팀 유니콘! 유니콘이 뭐하는 환상의 동물이더라? 귀부인을 보호하는 환수 아냐? 한데 지금 그 귀부인이 다섯 유니콘을 보호하고 나서는 거야? 이 참에 환수 사전을 다시 편찬해야겠네. 크큭."

"이익—"

달리의 손에 석궁이 들려 있다. 말려야 했다.

겨냥 직전 간발의 차이로 석궁을 아래로 눌렀다.

투쓰웅! 팍!! 발사된 쿼럴이 바닥에 충돌하며 부러짐과 동시에 튀어올랐다.

이크크. 발등을 관통할 뻔했다.

"이익—"

"휴우. 응징할 테니까 무기는 내려놓으라고."

"응징? 안 돼! 내가……."

바로 기다렸다는 듯이 야콘이 으스스한 어투로 말했다.

"호오. 응징이라?! 응징이라 하셨습니까, 곱등이 각하?!"

"그렇게 소원하시는데 상대해 드려야죠."

"그러면 이중 한명?"

"손님이 모욕당했는데 주인이 나서야죠. 직접 상대해 드리겠습니다. 나에게 유감있는 거 아닙니까?"

"흥— 몸으로 때우시겠다?! 후후 그 어설픈 생각, 후회하게 만들어주지. 미리 말해두지만…… 내 검 끝에 걸리면 한 일주일은 죽조차 넘기지 못해."

잘 알거든?! 감히 누굴 상대로 어설픈 심리전은.

"아냐! 이러면 안 돼! 중지해요!"

그제야 화들짝 놀란 달리가 팔에 매달렸다.

강철거인 운영이라면 몰라도 유저간의 겨룸에 테이머나 메카닉맨이나 듀얼리스트에 절대적으로 불리하기에.

자신보다 더 불리한 클래스라 여김이라.

나는 덤덤하게 웃으며 달리의 볼을 살짝 잡아당기며 들릴락 말락 하는 톤으로 말했다.

"후훗— 이기면 뿌잉뿌잉 삼연타!"

"…에?!"

달리가 나를 놀라고 화난 눈으로 올려다보았다.

당신은 귀부인의 명예를 지키기 위한 결투에 응했습니다. ……건투
를 빕니다.

무슨 얼어 죽을 귀부인의 명예는?! 내 명예지.

아— 그러고 보니 테이머 지오 캐릭이지.

아차차. 기계사 지오와 착각했어……. 정말이라니까.

OF TEN DIVINE NAMES
Act 04
듀얼리스트

機甲戰記
Massacre
기갑전기 매서커

와글와글. 웅성웅성.

경사 났네?! 경사 났어?!!

인산인해에 더러는 주기장 강철거인 어깨 위까지 올라가 구경하고 있다.

주기장 중앙에 공간이 만들어지고 결투 공중인들이 나서 양측 무기를 점검하는 중이다.

내 무기를 보곤 다들 아연한 얼굴이 되었다.

정식 결투다. 무기는 필드 피케이가 아니기에 스킬이나 이펙트가 걸려 있는 아티펙트성 아이템이 허용되지 않는다.

그럼에도 내가 내놓은 무기는… 공구 또는 실제 연장으로 불리는 스패너였기에.

그 반면 야콘의 무기는 칼 끝이 대침보다 날카로운 샤벨이었다.

동화율이 걸린 일격이면 산적 꿰듯이 뼈를 관통할 예리함이라.

"…흐, 흑, 이건 결투가 아니야! 죽으려는 거야. 내일 경기인데… 결국 나 때문에 말려든 거야……."

달리가 뒤늦은 후회로 눈물을 훔치며 후회했지만 그저 담담한 미소로 대답했다.

반면 골든 보이 등은 여유로운 미소를 흘리며 바라볼 뿐이다.

"3분 안에 결판나는 데 10만원 건다."

큰곰이 말했다.

"어허, 대장을 그렇게 띄엄띄엄 보면 쓰나? 1분 안에 30만원."

골든 보이가 가세했다.

아니, 이 사람들이. 누군 살얼음 위로 올라가는데 여유롭게 내기질이라니?!

"쯧. 쩨쩨하긴. 나는 30초 안에 50만원."

…작은곰이마저…….

기대를 말자.

그런데 너무 믿는 것 아냐?!

…음. 근거있는 믿음이구나.

이런 공인된 결투는 '스킬 락' 상태에서 이루어진다.

밀리터리 캐릭과 비 밀리터리 캐릭 간의 결투여서다.

레벨 빨, 아이템 빨, 스킬 빨도 통하지 않는다.

동화율과 현실에서의 다양한 능력에 좌우된다고나.

거창하게 공방의 거리 감각, 실전적인 전투 기술, 살을 주고 뼈를 자르는 담대함, 이기기 위해 귀를 물 줄 아는 아귀 정신까지……. 근접 전투에 최적화된 인간에게 절대 유리하다. 나 같은.

헤헤. 나 같은 개싸움의 달인에게 유리한 상황이라는 것이지.

한데 상대도 그런 분류라고 생각 안 하냐고?

…….

아니나 다를까. 우리들의 느긋한 여유로움이 야콘을 자극했음인지 세모눈이 사납게 번뜩였다.

쉬― 쉭―!!!

검 끝에서 터지는 바람 찢어지는 소리가 예사롭지 않다.

와우― 무슨 스피드 스케이팅 선수 같은 메뚜기 장딴지다.

몸을 풀고 있는 동작은 펜싱 선수의 교과서적인, 탄력적인 움직임이라는 것.

아니나 다를까. 구경꾼 가운데 누군가가 말했다.

“그래도 작은 방패라도 들려줘야 하는 거 아냐?”

“소용없어. 시 대표 펜싱 선수권자인데 어떤 갑옷을 걸쳐도 이음새 사이로 찔러 넣잖아. 애초에 나서지 말아야지.”

그제야 큰곰이들의 안색이 살짝 굳어졌다.

이 사람들아— 그걸 왜 이제 말해줘?!

개싸움이 불가능한 상대…….

‘와리가리 보법’ 으로 되려나?

탁탁— 이 묵직한 스패너로 할 수 있는 건 솔직히 없다.

등골을 타고 찬바람이 들어왔다.

야콘의 세모눈이 유리알처럼 반들거렸다.

*　　*　　*

스킬 락 상태입니다. 높은 동화율이 실린 타격 시 실제와 같은 충격이 전달될 수 있습니다.

듀얼 모드입니다. 신체 상태가 최고조로 유지되고 있습니다.

결투의 시간!

살기로 반들거리는 깊이 꺼진 세모눈에 나의 전신이 고스란히 담겨 있다.

거리는 10미터다.

탁탁. 야콘은 경쾌한 펜싱 스텝을 밟으며 거리를 좁혀 왔다.

움직임이 프로의 그것이다.

경험 역시 풍부해 보였다.

시간을 끌면 나에게 절대적인 낭패!

놈은 개구리처럼 튀어 내 인후를 노리려 할 것이다.

팔뚝이며 허벅지까지 전면 노출 부위를 콕콕 찔러 틈을 벌리려 할 터.

이 정도는 우려할 바 아니다.

등 뒤에서 나의 전신을 관찰하는 눈빛이 문제였다.

놈! 이게 네 꼼수냐?

나는 자세를 모로 돌려 노출된 가슴 부위를 본능적으로 줄이는 척 하다 냅다 등을 돌려 뛰기 시작했다.

앗!

절대 달아나는 것이 아니다, 결투장은 인의 장막으로 펜스가 쳐진 상태기에.

살짝 각을 틀어 등을 보인 채로 특정 지점에서 멈추어 섰다.

우— 하는 작은 야유가 터지려다 뚝 그쳤다.

그렇게 청기사 야콘이 나의 등을 보고 접근하는 식으로 만들었다.

완전 노출!

등을 보인 상대에게 그가 할 수 있는 건 너무 많다. 전신이 허점이 아니던가.

야콘의 얼굴에 살짝 이채가 걸렸다.

등 뒤를 보지 않고 어떻게 아냐고? 기계사 지오가 보고 있다.

그렇다. 그 지오가 그 지오 아닌가.

손은 빌리지 못해도 눈은 빌릴 수 있다.

반칙 아니냐고?

훗— 곱등이 지오가 등을 돌려 마주하고 있는 곳에 그 청기사 야콘의 분신으로 추정되는 자가 있다. 야콘의 등 뒤에 팔짱을 끼고 자리하다 결투장이 마련되는 어수선한 순간 반대편으로 자리를 옮긴 자였다.

그가 이룬 듀얼 불패의 신화에 저런 섬세한 꼼수가 숨겨져 있음이라.

생김은 전혀 달랐지만 살기 담긴 특유의 시선이 야콘의 그것과 흡사했다.

야콘의 놀라운 결투 승률의 비법이라면 비법 아니겠는가.

바로 분신으로 추정되는 자의 1미터 코앞에 내가 멈추어 선 것이다.

마음 깊은 곳을 바라보는 눈으로 그를 보았다.

다 안다는 투의 내 시선과 마주치자 뜨끔 하더니 어깨를 들썩이며 떨었다.

역시… 그랬어.

너만 꼼수냐?! 나도 꼼수다!

확ㅡ 하는 위압적인 기세를 담아 손엔 든 스패너를 당황한 그를 향해 내려칠 자세를 취했다.

관객을 향한 행패처럼 보이는 그림이라.

"…흑!"

크게 흠칫하며 어깨를 들썩이며 뒤로 물러나려 했고. 이미 준비한 기계사 지오의 가슴에 밀려 앞으로 튀어나오고 만다.

코앞에 스패너가 떨어지리라.

얼굴에 순간적인 당황함이 역력하게 걸렸다.

지금이다!

손에 든 스패너를 등 뒤로 팔만 돌려 던졌다, 바로 야콘에게로.

야콘은 당황한 상태였다.

그는 본능적으로 검을 휘둘러 투척된 스패너를 털어내려 했다.

허공만 가를 뿐이었으니 스패너의 종착지는… 그의 돌출한 발등 위에 정확하게 떨어졌다.

퍽ㅡ 스패너의 둔중한 헤드가 그의 발등에 꽂혔다.

"크흑ㅡ!"

마에스트로 헉스는 툭하면 연장을 집어 던지는 만행을 지오 캐릭들에게 퍼부었다. 그 덕에 애제자인 곱등이 지오의 경우 그 연장 투척에 관한 한 경지에 든 상태다.

스킬의 영역이 아닌 몸이 기억하고 있는 영역에서 벌어진
일이라.

"죽어—!"

야콘은 고통을 삼키며 송곳 같은 검을 등판 정중앙을 노리
고 찔러왔다.

발등에 충격이 가해진 이상 힘이 제대로 실렸을 리 없다.

필살의 검끝을 피할 수 없다. 그만큼 빠른 찌름이었다.

그저 투척하는 팔 휘두름의 여력에 몸의 관성을 맡길 따름
이다.

검끝이 오른쪽 어깨를 파고들어 왔다.

어깨 근육을 뭉치자 가는 대바늘 같은 검이 낭창하게 휘어
졌다.

처음엔 닿았다는 느낌이, 곧 불로 지지는 듯한 고통이 신경
다발을 타고 올라왔다.

> 동화율 ㅁㅁ%입니다! 극통을 동반합니다. 건강을 위해 3초 후 강제
> 로 동화율을 떨굽니다.

3초!

충분하다.

실제라면 어깨 근육 깊이 검이 파고든 것도 모자라 반대편

어깨까지 뚫을 위력이리라.

땅의 반발력이 보태져야겠지만 그 힘을 더할 발엔 묵직한 고통이 담겨 있을 터.

어깨를 지지는 고통을 참으며 팔을 뻗어 손등으로 야콘의 뾰족한 삼각 턱을 가격했다.

부우욱―

퍽!!!

야콘의 머리가 모로 틀어지며 휘청임없이 지면을 향해 앞으로 무너져 내렸다.

눈엔 '어?!' 하는 황망한 눈빛이 걸려 있다.

나 역시 타격에 진력을 전부 실을 수 없었지만 타격 부위가 신체의 중심을 완벽하게 허무는 곳이라는 것.

몸을 띄움과 동시에 팔꿈치로 일어나려 버둥거리는 야콘의 뒤통수와 목뒤를 연속으로 찍어 눌렀다.

콱콱콱― 그럼에도 야콘은 몸을 일으키려는 노력을 그치지 않았다.

역시 도달자 영역에 든 유저다운 냉정함과 끈기였다.

"크훗―!"

기어이 몸을 일으킨 야콘의 등 뒤로 매미처럼 붙어 두 팔로 압박했다.

야콘의 팔꿈치가 내 갈비뼈를 연속으로 가격해 왔다.

하나 절대 뒷목 조임 자세를 풀지 않았다.

조임을 풀지 못하자 야콘은 의식적으로 하늘을 보는 자세로 넘어지려 했다.

기다렸던 바다.

지면에 등이 닿기 직전 몸을 틀었다.

야콘이 얼굴부터 땅에 닿으며 쓰러졌다.

꽈당— 으득—!

"크윽……."

팔꿈치를 통해 살 깊은 곳의 중요한 부위가 틀어지는 느낌이 들어왔다.

…….

야콘… 떡실신!

간만의 개싸움에 시큰한 진땀이 등골을 타고 흘러내렸다.

> 3, 2, 1. 동화율 강제 조정에 들어갑니다. 로그아웃하여 신체 점검을 하시길 바랍니다. 강력하게 권고합니다.

극통이 절절하게 전해져 올라왔다.

하나 입가엔 미소를, 손은 승리의 V자를 그리며 몸을 일으켰다. 어깨를 지지는 뒤늦은 극통이 골을 지배했지만 달리 등 그러진 눈을 보며 의연하게 웃음을 구겨 넣었다.

골든 보이는 고개를 끄덕이며 엄지를 추켜세웠고, 작은곰이 역시 두 손으로 작은 하트를 만들어 응해주었다.

거 쑥스럽게시리.

한데 큰곰이는?

그는 두 손을 입에 펼쳐 가져다대더니 '오빠—!!!'를 우렁차게 외쳤다.

…으, 얼른 외면했다.

얼른 달리를 담았다. 달리의 얼굴엔 이겨서 좋은데 다음에 자신이 처할 상황이 그려지는지 웃는지 우는지 에매한 표정이 수시로 교차했다.

거참— 뿌잉뿌잉이 싫으면… 등 파인 원피스 차림의 블링블링도 좋은데.

*　　　*　　　*

"어떤 사이였죠?"

왠지 심각한 느낌의 골든 보이에게 물었다.

평소의 심드렁한 무표정은 무표정이지만 미세한 차이가 느껴졌다.

부동심이 흔들리고 있다.

검에 찔린 어깨의 고통을 마사지로 덜어주고 있다.

동화율이 담긴 손끝이 정성스럽다.

결투 전 리그 준비위원과의 신경전이 보통을 넘었잖은가.

"그 의문은 제가 말씀드리죠."

등 뒤에서 나타난 것은 문제의 준비위원이었다. 어투에 앙금이 넘쳤다.

골든 보이의 눈썹이 분노로 꿈틀댔다. 이 역시 본 적 없는 반응이다.

괜히 골든 보이가 쿨 가이가 아니다.

준비위원을 눈으로 물었다.

나 역시 이자완 왠지 말 섞기가 싫다.

느낌이 좋지 않다. 이 느낌이 정답일 때가 대부분이다.

웃지만 재수없어 보이기는 마찬가지.

"오랜만이군요. 이제는 골든 보이라 불러야 하나요?"

"언젠가 만날 줄 알았다. 체리보이."

푸웁— 하고 웃음이 터지는 줄 알았다. 준비위원의 어디를 봐서 앵두 소년이라니?!!

…조용히 지켜보았다.

어깨를 주무르는 골든 보이의 손끝에 힘이 실렸다.

감정적인 동요가 그렇게 전해졌다.

"골든 보이님이 전에 몸담았던 길드의 길드장이었습니다."

"……!

기억났다. 골든 보이에게 파편 무구를 양보하기를 강권했던 자였다.

그리고 골든 보이의 등에 칼을 박은 자!

그리고 골든 보이로 하여금 '다금발이'라는 흉명을 떨치게 만든 장본인이기도.

"강철리그……. 네 작품이냐?"

골든 보이가 체리보이에게 물었다.

"그렇습니다. 전부 제 기획입니다. 이제 곧 가상사회 코어에 들 수 있을 것 같군요."

"물론. 기획이 전부 성공했을 때겠지?"

"부인하지 않겠습니다. 그렇습니다. 강철리그를 안착시키면 저기 VIP석 중 한 자리가 제게 주어지는 겁니다."

"축하할 일이군."

"글쎄요……. 그 자리를 위해 너무 많은 시간을 허비했습니다. 그때 파편 무구만 있었어도 이미 저 자리에 앉을 수 있었는데 말이죠."

"미안하군. 그때 죽어주지 못해서."

"흐훗. 덕분에 지금 이리저리 동분서주하며 골렘 오너들의 비위를 맞추는 신세가 되었습니다."

"좋은 성과가 있길 바래."

골든 보이가 퉁명하게 대답했다.

"한데 이번에도 방해하실 건가요?"

어투가 도전적이다.

"나는 방해한 적 없어. 네가 경우없었을 뿐이지."

“그런가요? 이번엔 그 경우가 많이 틀릴 겁니다.”

“기대되는군.”

살살 풀어 주세요— 무지 아파요—!

나는 비명을 지를 고통을 골든 보이의 손끝을 통해 느끼고
있다.

하나 심각한 대화가 오가니 감히 참견할 수가 없다.

미티, 미티!

“여전히 자신만만하시군요. 언제까지 자신만만할지 기대
해 보겠습니다.”

“나도 기대하지. 어떤 비열한 경우를 들고 나올지.”

“후훗— 동료들이 다칠 수 있습니다. 지금처럼.”

은근히 위협조다.

“그래?! 지금처럼? 동료라…….”

나를 보는 골든 보이의 눈이 크게 흔들렸다.

“호오— 이거 놀라운데요. 천하의 독불장군께서 동료를 두
고 있다니.”

체리보이가 만족한 투로 비아냥댔다.

약점을 잡았다는 통쾌함이 느껴졌다.

“체리보이님. 골든 보이님의 동료로서 말씀드리겠는데…
VIP가 되려고 강철리그를 기획했다고 했지요?”

내가 물었다.

“…….”

그는 볼을 씰룩 하며 고개를 끄덕였다.

"그 기획에 저나 우리 팀 유니콘의 역할은 없었지요?"

"……"

침묵으로 긍정했다. 눈빛이 짜증으로 크게 흔들렸다.

강철리그 1회를 내가 망쳤다고 말하고 있음이라.

성공적인 개최임과 동시에 그의 또 다른 입장에선 망친 것이기도 했음이라.

"그러면 우리가 완벽한 변수라는 이야기인데……. 자. 강철리그를 망쳐 드릴까요, 성공시켜 드릴까요?"

"……음."

나의 도전적인 어투에 얕은 볼살이 흔들렸다. 그러다 피식하며 무시하는 듯 웃었다.

"망치거나 성공시키거나 아무리 생각해도 팀 유니콘의 우승이 정답이군요. 그렇죠?"

강철리그 1회의 악몽이 절로 떠올려질 것이다.

"…요령은 여기까지입니다. 더 이상 용납하지 않겠습니다."

체리보이가 단호하게 말했다.

"저런. 우리의 요령은 끝이 없습니다. 게다 든든한 골든 보이님이 계시기에 우승으로 확실하게 망쳐 드리겠습니다."

"……이익."

그는 발끈하려다 냉정을 빠르게 찾았다. 그리고,

"훗— 그만한 실력이 있을지 의문이지만 설혹 실력이 있을
지라도 수많은 변수를 다룰 수 있는 지위에 제가 있음을 상기
시켜 드립니다."

"뭐, 충분히 상기하고 있습니다. 단체전 규칙을 갑작스럽
게 밀어 넣는 것 같이 말이지요?"

"예. 바로 그런 겁니다. 제 기획에 벗어나지 않도록 최선을
다해 드리죠."

"저희도 그 기획에 벗어나지 않도록 최선을 다하겠습니
다."

"……."

체리보이는 허헛하는 허세 담긴 웃음을 터뜨리더니 등을
돌렸다.

하나 손끝은 분노로 부르르 떨고 있었다.

얌마— 우승하고 싶은 생각이 쬐금 있었는데 이젠 확실히
우승해 보이겠다.

기획 좋아 하시네—

그게 기획이냐? 술수지.

"지오님. 정말 우승하시려구요?"

씁쓸한 어투의 골든 보이였다.

나, 아니, 동료들에 대한 걱정이 배어 있다.

"우리가 우승하는 게 체리보이 기획이라잖아요. 기획 좋아
하는데 기획대로 가는 거죠."

“그것이 지오님 기획이라면 적극 참여하겠습니다.”

“하핫—! 바로 그게 제 기획입니다. 동료를 도구로 여기는 놈의 기획 따위는 그저 술수에 의지할 뿐입니다. 술수 따위가 우리의 동료애를 넘을 수 없습니다.”

“오랫만에 가슴이 뜨거워지는군요.”

“예, 저 역시. 한데 어깨 좀 살살 풀어주시면 안될까요?”

“아차차. 그럼 다시 풀어 드리겠습니다.”

“하핫. 다시 부탁드립니다.”

골든 보이의 손끝이 우리하게 아려오는 어깨를 부드럽게 풀어주었다.

까짓, 우승이 별거야.

OF TEN DIVINE NAMES
Act 05
나는 배

機甲戰記
Massacre
기갑전기 매서커

검은 그림자가 확대되어 내려오고 있었다.

"머리 위야—!"

누군가의 다급한 외침이 터지자.

펑— 파하앗!

검은 밤 하늘위로 새파란 발광체가 포물선을 그리며 날아
올랐다.

발광체에서 퍼지는 푸른 불꽃 사이로 거대한 비행체의 윤
곽이 드러났다.

앞이 뭉툭한, 그리고 유선형으로 날렵하게 뻗은… 거대한
고래와 흡사한 형태였다.

그런 비행체가 하나, 둘, 셋, 넷…… 부락을 포위하는 형태로 접근해 들어오고 있었다.

"에엣?! 이건 판타지라고……. 비행체라니?!!"

"뜬금없이 하늘이라니?!"

"비상 연락망 돌려— 깨워—! 다들 깨워!!"

나와 마찬가지로 유저들의 당황함이 역력했다.

"흐음. 이건 아닌 것 같은데."

스톰윈드가 제자들을 이끌고 하늘 위에 나타난 비행체를 노려보았다.

"고대하던 서비스 외 지역의 서비스 아닙니까."

나로선 이해되는 그림이었다.

흐르는 섬이 있는데 비행정이 없을 리 없잖은가.

오히려 너무 늦은 감이 있는 복합 아이템이다.

한데 나타난 비행정에선 그 어떤 적대 행위도 없이 머리 위에 정지한 채 대기했다.

공공공공공— 비행정에서 강철거인에게서 나는 마력 엔진음이 낮게 흘러나오고 있었다.

좌앗좌앗좌앗—!!!

눈이 부셨다.

강렬한 탐조등이 켜지며 지면을 비추더니 강철거인들을 찾아 움직였다.

그랬다. 비행정 안의 누군가는 지상에 떡하니 버티고 서 있는 강철거인의 존재를 꺼려하고 있음이라.

"노움들일까?"

반가워서 들뜬 어투로 말하는 스톰윈드였다.

"마나 엔진음이 고요하고 안정적인 게 그 과학의 노움이 맞지 싶군요."

"생김이 꼭 잠수함 같군."

"잘 만들었어요. 선이 유려해요."

"……."

스톰윈드는 대답없이 맛있는 먹이를 앞에 둔 늑대 같이 눈빛을 빛냈다.

그런 의미에서 그의 마음이나 나의 마음이나 같았다.

게이트 이동이 불가능한 장소로의 지긋지긋한 장거리 이동 과정을 대폭 줄일 수 있다.

게다 저런 거대한 비행정이라면 사용 용도가 무궁무진하다.

"흐음……. 노움이 우리와 대화를 하려 할까?"

"글쎄요. 그럴 생각이 없는 것 같은데요."

"왜?"

"강철거인을 노리고 있어요."

말하며 스톰윈드에게 손가락으로 비행정의 바닥을 가리켰다.

비행정은 지상을 향해 뿌리는 조명을 고정한 채로 하늘 위로 서서히 고도를 높이고 있었다.

사정권에서 급히 물러난다는 느낌이었다.

흙 담벼락에 난 그을음이 불현듯 떠올랐다.

마력을 방출해 방어막을 둘렀다. 등 뒤에 그림자처럼 붙은 캐티를 포함했다.

이에 스톰윈드 등도 특유의 바람 계열 마법 장막을 쳤다.

비행정에서 원형 사출구가 열리며 작은 드럼통 형태의 물체가 떨어져 내렸다.

휘유우우웅― 파핫―!

드럼통은 강철거인에 정확하게 떨어져 충돌해 부서졌고 그 내용물에서 향긋한 포도향이 진동했다. 자연적이지 않은, 골이 아픈 인공적인 향기였다.

그렇게 원통 형태의 물체가 우수수 떨어져 내렸고. 더러는 땅에 충돌해 내용물을 사방으로 토해냈다. 액체는 끈적거림이 강하다.

적대 행위에 들어갔음이 명확해졌다.

경고를 할 찰나, 비행정에서 가느다란 오렌지 빛 직선의 마력탄이 떨어져 내렸다.

파쓰으으으웅―!!!

꽈르르르르웅―!!!

버섯 형태의 푸른 화염이 뭉텅 피어오르며 대지는 순간적으로 진공 상태에 빠져들었다.

크아악―!!!

유저들 사이에서 단발마의 비명이 터져 나왔다.

강철거인이 강렬한 화염에 휩싸여 타올랐다.

와당탕퉁탕― 화염에 휩싸인 강철거인이 거칠게 요동쳤고 그 주변으로 비명과 단말마가 끝이 없다.

이 강철거인의 요동에 휩쓸리거나 화염에 통구이가 된 유저들이 있었다.

멋모르고 강철거인 주변에 있던 유저들이었다.

참혹한 것은 이게 다가 아니다.

화염의 권역 밖에 있는 유저들 역시 무사하지 못했다.

푸른 화염은 공기를 급속도로 빨아들여 대기 중으로 말아 올렸다.

일시적인 진공 상태에 주변 산소가 급속도록 빨려 올라가며 몸을 들어 올렸다가 거칠게 내팽개쳤다.

"흐훗― 판타지식 네이팜탄인가? 귀엽군."

스톰윈드의 눈이 파랗게 빛났다.

말이 끝나기가 무섭게 거친 바람이 그를 중심으로 휘몰아쳤다.

마치 면도날이 휘몰아치는 것이 아닌가 싶을 정도로 살갗을 파고들었다. 방어막 침범이 은밀하다. 놀랍게도 무음이기까지.

"살살 부탁… 아닙니다. 원하시는 대로 하십시오."

삭막한 웃음이 그의 입가에 느긋하게 걸렸다.

"흐흣. 적당히 주물러주지."

그는 말이 끝남과 동시에 장난처럼 하늘 위로 향해 손을 치켜들었다.

손끝에서 뿌려진 무음의 삭풍이 발생하더니 비행정 바닥 원형 사출구를 노리고 빨려들 듯이 파고들었다.

우르릉— 꽈릉—!!!

적중된 비행정을 중심으로 푸른 섬광이 터졌다.

기다란 비행정 몸체가 원형 사출구를 중심으로 기어이 쩌적 두 동강 나더니 ㄱ 자로 꺾여 우수수 지면으로 떨어졌다.

우드드드드득, 크그긍—!

금속 파편이 튀었다.

뭐 저런 종이 비행정이 있단 말인가.

그 누구도 손쓸 수 없을 것 같은 비행정의 최후치곤 허망했다.

그렇게 비행정 한 기가 갑자기 두 동강 나버리자 급히 상승과 동시에 산개하는 비행정단이었다.

"흐흣— 내부에서 유폭이 일어날 줄이야."

싱겁다는 투로 아크 메이지 스톰윈드가 수염 끝을 말며 말했다.

여기서 그 거리가 얼마인데?

아크가 괜히 아크가 아니었다.

나에 대한 경고일지도.

＊　　　＊　　　＊

ㅂㅇㅇㅇㅇㅇㅇㅇㅇㅇ웅—!!!

비행정단 가운데 핫도그 형태의 비행정에서 낮은 괴음이 길게 울려 퍼졌다.

잠결에 들은 바로 그 소리였다.

저놈이다!

비행정 가운데 단순한 형태에 걸맞게 덩치가 제일 컸다.

괴음의 정체는 하강하며 비행체를 휘감은 검청색 막이 발생하면서 나는 소리였다.

스톰윈드의 제자들이 스승에 뒤처지지 않은 강도의 바람 마법을 문제의 비행정을 향해 기세 좋게 발현했다.

다수의 흑청색 마력체가 머리 위로 기세 좋게 날아올랐다.

뿌등— 쁘등— 쁘드등—!

검청색막이 출렁이다 다시 제자리를 찾는 식으로 직격한 마법체를 살아 있는 생물체 같이 날름 받아들였다.

……!

이것은 분명 마력 흡수다. 몬스터도 아니고 아이템 주제에.

튕겨내며 막이 깎여 나가는 대 마법 방어진과는 차원이 다르다.

"헉!" "큭!" "제길." "저, 저럴 수가……."

마법을 발한 스톰윈드의 제자들이 당혹감을 표하는 것으로 위기를 증명했다.

거대한 비행정이 마력 흡수 장막을 펼치며 하강해 왔다.

스톰윈드가 피식 웃으며 자신만만하게 공격을 준비했다.

그를 중심으로 마력의 응집이 강력하다.

"하라랏―! 차돌바람!!"

처음으로 그의 입에서 영창이 터졌다.

씨이이이이이잇!!!

흑청색 마력체가 대기를 가르며 날아올랐다.

흑청색 마력체가 송곳 형태로 장막에 직격하며 투명에 가까운 커다란 청색 파문을 만들어 냈다.

콰콰콰콰― 팽창된 파문은 지면에 닿으며 흙먼지는 물론 파문에 노출된 유저들을 갈가리 짓이겨 버렸다.

크아악― 아악!!!

단번에 죽지 못한 처참한 단말마의 비명이 울려 퍼졌다.

"이럴 수가……. 마력 유도라니?!!"

스톰윈드가 허탈하게 중얼거렸다.

그랬다. 마력 유도였다.

강력한 마력체를 흡수할 수 없으니 대기 중으로 흘려보냄이라.

비행정을 노리는 더 이상의 공격은 무의미하다.

"제길……." "어디서 저런 괴물을……."

모두 숨을 죽이며 문제의 비행정의 다음 행보를 주시했다.

거의 머리 위에 닿을 거리까지 내려오자 밀리터리 격수들이 뛰쳐 나갔다. 하나 장막의 팽창에 밀려 튕겨 나갈 뿐이었다.

뭐 저런 무적 모드가 있단 말인가.

한데 비행정은 지상에서 3미터 높이에서 정지했고 장막이 스르륵 흩어졌다.

앗!

나를 포함해 유저들 입에서 동시에 감탄성이 터져 나왔다.

핫도그 형태의 비행정의 옆구리가 날개를 펼치는 식으로 열리면서… 거대한 덩치들을 우수수 떨구는 것이었다.

꾸궁. 쿠궁─!

동시 착지로 지축이 크게 울렸다.

……뭐야, 저건?!

덩치의 정체는 머리가 없는 흑녹색의 강철거인이었다.

신장 5미터를 넘었고, 누에고치에 긴 팔과 짧은 다리가 돋은 기형적인 형상이었다.

한데 현실 그 어디서 많이 본 듯한 모습이다.

너무 자주 보고 직접 가지고 놀기도 해서 감히 입 밖에 뱉을 수가 없다.

이따위 상상력 부재가 있단 말인가.

나중에 설명하자. 급한 건 이 흑녹색 강철거인의 행동이니.

강하에 성공한 강철거인의 수는 무려 18기에 달했고 이 임무를 완수한 비행정은 빠르게 하늘 위로 날아올랐다.

이제 모든 눈은 머리 위에 위협적으로 맴도는 비행정이 아니라 눈앞의 강철거인에 모아졌다.

누에고치 강철거인의 가슴 정중앙엔 커다랗고 투명한 구슬이 박혀 있었다.

그 구슬에 노란색 빛이, 아니, 에너지가 모여들었다.

프팟—!!!

구슬에서 순간적으로 붉은 빛이 팽창함과 동시에 근처 은폐물 위로 머리를 내민 유저에게 압축된 직선의 강렬한 빛을 발사하는 게 아닌가.

"아악—!"

선명한 붉은 광선에 노출된 유저의 얼굴의 반이 회색재로 흩어지며 단말마의 비명과 함께 쓰러졌다.

머리의 절반만 날아간 유저의 신체는 너부러진 채 가는 떨림을 대지에 연신 전하고 있다.

이것은 마법 공격과 거리가 멀다.

지극히 SF적인, 아니, 현실의 병기가 발하는 효과를 흑녹색 누에고치 강철거인이 행하고 있음이라.

이것이 시작이었다, 학살의.

다른 강철거인들도 비슷한 무음의 붉은 광선 공격을 유저들에게 퍼부어댔다.

광선에 노출되어 신체 일부가 떨어져 나가 길길이 뛰어다니는 유저들이 속출했고. 얼마 있지 않아 등 중앙에서부터 회색재가 흩어지며 가슴과 등이 뻥 뚫린 체 픽픽 쓰러졌다.

단말마의 비명이 몰골이 송연할 정도로 날카롭게 울려 퍼졌으니…… 속수무책이었다.

"흩어져― 뭉쳐 있지 마!"

누군가가 외쳤다.

하나 곧 유저들이 반격을 가했다.

몇몇 유저들이 엄폐물 뒤에 몸을 숨긴 상태에서 기계사 지오가 고안한 마력 투척기로 요격을 개시했다.

나의 이 '마력 투척기'는 유저사회에 광범위하게 퍼진 상태다. 현실에서 RPG7에 버금간다는 의미로 '알라봉' 이라는 애칭이 붙었다.

튜스웅― 특유의 기음을 내며 강력한 마력체가 마력 투척기에서 기형의 강철거인을 향해 투사되었다.

이번에도 강철거인 가슴 정중앙에 자리한 구슬이 환한 빛을 발하더니 붉은 빛으로 이루어진 빛 우산을 강철거인 앞에 만들어냈다.

투학― 마력체와 붉은 빛의 우산이 충돌하며 마력체가 우산살이 뻗은 궤적을 따라 흩어졌다.

이게 다가 아니었다. 문제의 알라봉을 발사한 유저를 찾아 다른 강철거인이 붉은 광선을 발사해 가혹하게 응징했다.

그들끼리 네트워킹이 이루어지고 있음이라.

그렇게 누에고치 몸체의 강철거인들은 서로를 엄호하며 차근차근 유저들을 압도해 나갔다.

그때였다.

쿵쿵쿵— 비행정의 첫 네이팜탄 공격에서 무사한 유저들의 강철거인이 등장했다.

그 수는 단 세 기였다.

광선 공격이 이 강철거인을 향해 집중되었다.

파슛— 파슛—

치이이익—!

강철거인의 도색이 타들어가는 소음과 용접봉이 타들어가는 불꽃이 유저들이 탑승한 강철거인의 장갑 표면에 생겨났다.

하나 광선 공격에 유저들의 강철거인은 분명 무사했다.

유저들의 강철거인이 누에고치 형태의 강철거인 무리에 파고들었다.

그리고 유저 특유의 현란한 검격을 정체불명의 강철거인 무리에 퍼부어댔다.

파쓰웅— 처청엉— 와그작!

정체불명의 강철거인들의 대형은 순식간에 와해되었다.

백병전에 휘말려 제대로 저항 같은 모습을 보여주지 못하고 팔과 다리가 잘려 나가며 쓰러졌다.

문제를 일으키는 빛을 발하는 구슬이 터지자 예외없이 정지 상태에 들었다.

우와아아아아아—!!!

유저들의 사기가 올라 환호성을 터뜨렸다.

누에고치 형태의 강철거인은 백병전에 무지했다. 아니, 백병전을 구사할 구조 자체가 아니었다.

그래서인가. 누에고치 형태의 강철거인들의 가슴 정중앙 구슬이 형형색색으로 깜박였다. 서로 신호를 주고받는 양 무수한 깜빡임을 일초에 수십 번 명멸했고, 더러는 하늘 위 검은 공간 위로도 형형색색의 광선 신호를 쏘아올리기도 했다.

지령을 구하는 듯하다.

이에 화답하듯 검은 하늘 위에서 적색 광선이 그들 구슬 위로 정확하게 떨어졌다.

그러자 누에고치 몸체로 긴 팔이 차렷 자세로 붙여지며 천천히 몸을 공중으로 띄우기 시작했다. 특유의 짧은 다리는 몸통 안으로 수납되었다.

팔다리가 부서져 반파된 상태에서도 몸체를 힘겹게 공중으로 띄웠다.

브으으으으웅— 하늘 위에서 핫도그 형태의 비행정이 다

시 내려왔다.

상승한 누에고치 형태의 강철거인들을 차곡차곡 수납했다. 계란 알판에 계란을 채우는 그림처럼.

공중에 체공한 강철거인을 전부 수거한 비행정은 빠르게 전장에서 물러났다.

상승 속도가 힘겨운 듯 지지부진했고 나머지 비행정들이 사출구를 열어 드럼통을 투하해 엄호했다.

그렇게 비행정단은 저 멀리 어둠 속으로 사라져 버리는 게 아닌가.

…….

뭐냐? 이 허탈함은. 아니, 농락당한 느낌은.

자연 하늘을 향하던 유저들의 눈은 바닥에 너부러진 누에고치 형태의 강철거인에 쏠렸다.

무려 여덟 기나 되는 기형의 강철거인이 너부러져 있었다.

그나마 성과라면 성과일까?

한데 너부러진 강철거인 가슴 정중앙 거대한 구슬이 노을 빛으로 물드는 것이 아닌가.

위험을 감지한 강철거인과 유저들이 황급히 이형의 강철거인에서 물러났다.

삐이이이이이잉― 꽈릉―!!!

이형의 강철거인을 중심으로 오렌지 빛 섬광과 함께 거대한 폭발이 생겨났다.

흙먼지와 화염이 뒤덤벅이 되어 유저들을 덮쳤다.

……자폭.

유저들은 처음 겪는 이 황당한 SF적 상황에 그저 입을 뻐끔뻐끔거리며 서로에게 무언의 의견을 구할 따름이다.

나 역시.

여하튼 이 모든 과정은?

그렇다. 분명한 위력 정찰이었다.

노움으로 추정되는 미지의 적은 유저들의 전력을 떠본 것이라.

그래서인지 스톰윈드의 자신만만하던 모습은 온데간데없이 사라져 버린 상태다.

"허— 서비스 외 지역의 서비스가 너무 각박하군. 깍쟁이 노움이라 이건가."

"……"

나는 말없이 고개를 끄덕이며 동감을 표했다.

인공지능이 터무니없이 세련되었다. 노움밖에 없다.

스톰윈드 당신이 노예로 부리고 싶은 그 종족이지.

"비행정에 광학 병기를 탑재한 강철거인이라……. 과학의 노움이 아니면 설명이 불가능한 적입니다."

"빌어먹을. 오늘 지독한 설정 파괴를 겪다보니 화가 나야 하는데 허탈하기만 하군. 자네는?"

나는 어깨를 으쓱해 보였다.

“이곳 고블린들의 죽음은 이해됩니다. 단지 그 이유를 알 수 없다는 게 답답할 뿐입니다. 우리 역시 노움들을 자극한 것 같은데…… 단순히 마력석 채굴이 그들을 자극할 만한 일인지 그게 의문입니다.”

“……흠.”

역시 스톰윈드도 느끼고 있었다.

이 땅에 마력석 채굴 이상의 그 무언가가 있다는 것을.

스톰윈드가 차갑게 입을 열었다.

“한데 오늘 자네는 뒷짐 지고 구경만 했는데 다음번엔 실력 발휘를 기대해도 될까?”

“쇳덩이를 상대로 제 장기인 독은 통하지 않습니다. 뿌려 보았자 같은 편을 더 상하게 할 공산이 크죠. 포이즌 메이지의 비애라 할까요…….”

사실이다.

“은근히 자신없는 척을 하는데 믿기지 않는군. 나름 아크 메이지의 수제자 아닌가? 뭐 다음번엔 비장의 한수를 기대하지.”

“……”

역시 억울한가 보다.

실상 비장의 수를 숨기고 있는 것은 바로 그 자신이다.

그렇기에 상대가 어떤 수를 준비하고 있는 게 아닌가 라며 지금처럼 안달하는 것이고.

솔직히 현재 나는 스톰윈드를 상대하는 수단에서부터 노움에 대한 대처까지 속수무책 상태다.

서비스 외 지역답게 정보에 빈 공간이 너무 많다.

이런 경우 무대책이 대책이 아닐까 한다.

그런 의미에서 나는 존경의 눈으로 심사가 틀어진 스톰윈드를 보았다. 진심을 담아.

우리 가운데 비행정을 두 동강 낸 유일한 인물인지 않은가.

하나 그는 떨떠름한 얼굴로 돌아섰다.

사나이 진심을 전혀 받아들이지 못하는 스톰윈드랄까.

그건 그렇고… 나의 진정한 찝찝함은 따로 있다.

당사자를 눈에 담았다. 붉은 머리 아가씨가 들어왔다.

그녀는 특유의 길고 가는 눈으로 나를 올려다보았다.

……?

그새 잊은 거야?

"어이, 캐티─ 내가 자는 동안 얼굴에 침 발랐지?"

"……"

씨익 웃는다.

……햐. 말세야, 말세!

내가 어쩌다 추행까지 당하고.

뭐? 당나귀가 핥은 것이 아니니 다행으로 알라고? 서비스 외 지역의 서비스로 치라고?

……그런가?

아무튼 맹랑한 누님일세.

"접근 금지!"

단호하게 말했다.

정말이다. 이렇게라도 나의 순결을 지키기로.

"제가 잘 때 무슨 짓을 해도 항의하지 않지 말입니다."

"……."

뭐라고?

관심없거든?! 절대로!

한데 전투로 지친 유저들이 뜨악한 눈으로 나를 쳐다보았다.

돌겠다.

Act 06
육상전함

機甲戰記
Massacre
기갑전기 매서커

날이 밝았다.

멍하니 혼이 나가 추레한 몰골의 유저들이 불에 그슬린 잔해를 뒤지며 적에 대한 단서를 찾았다.

나 역시 스톰윈드의 작품(?)인 추락한 비행정부터 살폈다.

초미의 관심사다.

두 동강 난 채 고열에 녹아내린 잔해는 처참한 그림이었다.

뼈대를 살펴보니 생긴 모습 그대로 '나는 잠수함' 이랄까.

대략 길이 1백 미터에 폭 12미터. 높이는 3층 건물 정도 되었다.

노움으로 추정되는 사체는 고열에 녹은 선체와 뒤엉겨 도저히 찾을 수 없었다. 아니면 애초부터 없었던지.

　건질 게 없었다.
　확실한 것은 선체를 이루는 뼈대만 놀랍도록 가벼운 금속이지, 겉을 감싼 구조물은 금속에 가까운 가벼운 무언가로 플라스틱도 아닌 것이 열에 녹아 엿가락 같이 뒤엉켜 있어 그 재질을 파악하긴 힘들 것 같았다.
　이게 중요한·게 아니다.
　촛농처럼 눌어붙은 부속 하나를 들어 마력을 부여했다.
　通. 不通. 통. 통. 불통…….
　마력 이외의 가는 신호가 느껴지려는 찰나.
　픽— 하며 부속덩어리에서 마력 연결이 끊어지며 검은 연기가 피어올랐다.
　“이거 과학이야, 마법이야? 거참…….”
　미약하게 마나 마력의 흐름이 느껴지는 부품들로 선체 내부는 채워져 있음이라.
　마법의 과학적 전용인지 과학의 마법적 전용인지 프로세스가 오리무중이랄까.
　다들 마찬가지인지 유저 대부분이 고개를 흔들며 허탈한 한숨을 푹푹 내쉬었다.
　“쓰파— 이건 설정 파괴도 어느 정도여야지…….”
　“빌어먹을. 너무 뜬금없잖아.”

파악된 건 없는 것이나 진배없는데 원정대의 피해가 막심
했기에 여기저기 성토의 목소리가 커졌다.

서비스 외 지역에서 데드라 부활 서비스를 제공받지 못한
다. 최종적으로 부활지로 선정한 거점도시에서 시작해야 함
이다. 빈털터리로.

무려 10일을 걸어야 되니 과연 몇이나 원정대에 복귀를 하
려 할까.

인적 손실은 그렇다 치자.

불에 탄 강철거인의 손실이 가장 막심했다.

노움으로 추정되는 ‘미지의 적’은 오로지 강철거인에만
신경 썼다.

두려워함도 느껴질 정도다.

비행정의 잔해에서 벗어나 전소된 강철거인으로 다가가
피해를 살펴보았다.

살아남은 메카닉맨과 예비 골렘오너들이 조심스러운 눈으
로 공간을 만들어주었다.

생존이 걸린 문제이니 내 숨소리마저 귀를 기울이고 있다.

“…이런. 마법진을 전부 태워 버렸군. 안타깝지만 재생 불
능…….”

정확한 평가였다.

강철거인의 기동마법진과 대 마법 방어진은 마법과 고열
로 충전해 열에 강한 마법진이다. 그런 마법진의 흔적을 따라

태워졌다.

역시 드럼통 안 액체는 마력의 흔적을 지우는 물질이었다.

비교적 안전한 강철거인 내부 마나 엔진등 핵심 내부 기관은 열어보아야 했지만 이음새가 고열로 녹아 살펴볼 수 없었다.

아무리 멀쩡해도 기동 마법진이 전부 타버렸으니 단지 부속으로 전용될 일만 남은 셈이라.

"고약해. 아주 고약해."

주변 유저들은 고개를 떨구었다.

요 며칠 동안 막대한 수익을 꿈꾸게 했던 강철거인이 아니던가.

고철이 되어버렸으니 낙담의 폭이 비할 바 아니었다.

안전조차 보장할 수 없다.

원정대 가운데 반이 심야의 야습에 데드당했다.

아침나절 내도록 대책 회의가 열렸고 남은 전력 전부를 합치기로 결정이 이루어졌다.

남은 다섯 기의 강철거인을 이용한 채굴 작업은 계속하기로 하고. 이곳 상황을 자유도시과 거점도시 등에 전부 알리기로 했다.

이미 마력석 채굴을 목적으로 출발한 다수의 원정대에도 준비를 단단히 하도록 연통을 놓았다.

선두로 오는 원정대와의 거리는 대력 5일이었다.

얼핏 들으니 판타지식 골드러쉬 붐이 일어 꾸려진 원정대의 수가 장난이 아니라 했다.

도전과 모험의 유저다운 결정이 아닐까 하다.

인공지능을 자극하기 위한 스톰윈드의 책략의 결과라.

그 자극의 결과가 한밤중의 방문을 불러왔음이고.

그 많은 유저들이 이곳에 우글거린다면 또 어떤 일이 벌어질지 은근히 기대가 되었다.

아무튼 서비스 외 지역에서 벌어진 일이다. 퀘스트는 물론 필드도 던전도 준비되어 있지 않은 오지에서의 사건이다.

유저들의 선택 하나하나가 이야기가 됨이라.

그렇게 그간 따분했는데 흥미로운 상황에 살짝 고무되었다.

*　　*　　*

야습 이후 긴장된 며칠이 흘렀다. 아무 일 없었다.

유저들은 건너 숲보다 하루 중 하늘을 올려다보는 일이 더 많았다.

나는 부락 너머 녹음이 우거진 숲을 바라보았다. 터무니없이 광활하다.

며칠 동안 두루 둘러보았다. 서비스 외 지역답게 유적의 흔적은 물론 문명의 흔적은 찾을 길 없는 원시 숲을 확인했을 뿐이었다.

위협적인 몬스터가 돌아다니지만 유저들을 노리지 않았다.

유저들은 유저들을 피하는 이런 몬스터를 '보신주의 몬스터' 라 불렀다.

서비스 외 지역에 있으면 인공지능에 변화가 생기나 보다. 그렇게 영양가 없는 원시적인 덩치 큰 야수들이 유저들을 멀뚱멀뚱 지켜볼 따름이었다.

지극히 평화로운 그림이라.

웅성웅성. 왁자지껄. 다시금 캠프에 활력이 돌기 시작했다.

거점도시와 자유도시에서 마력석에 도취된 불한당들과 어중이떠중이 모험가들이 대거 몰려 왔다.

과장된 소문의 효과였다.

너도나도 손에 알라봉을 필수 아이템인 양 무장하고 속속 도착하더니 구덩이 속으로 뛰어들었다.

몰려든 유저들로 자연스레 채굴장은 난장판이 되어갔다. 파헤쳐진 곳은 더욱 파헤쳐지고 근처 숲은 베어 넘겨지고 땅이 뒤집어졌다.

채굴 범위는 넓혀졌고 유저들 사이에 다툼이 끊임없이 발생했다.

오직 스톰윈드 패거리와 내가 있는 지역만 그럭저럭 조용한 편이었다.

"이 정도 규모면 유저들의 수는 예전만큼 된 것 같은데 말입니다."

캐티였다. 자는 내 얼굴을 더듬은 것은 자신이 절대 아니고 당나귀라고 우기는 아가씨다. 그것을 증명하겠다며 툭하면 텐트 안에 당나귀를 밀어 넣었다.

알았다고 모른 척하기로 했지만… 두고 볼 일이다.

대답없이 숲을 노려보자 캐티가 뿌루퉁하게 말했다.

"아니, 남자가 왜 그렇습니까? 제가 아무리 못 미더워도 그렇지, 당나귀를 불침번 세우다뇨?"

"쉿!"

"예?"

나는 귀를 땅에 가져다댔다.

가는 진동이 지면을 타고 올라오고 있다.

거리는 멀다. 하나 무언가 점점 다가오고 있음이 느껴졌다.

캐티도 땅에 귀를 가져다댔다. 곧 특유의 크고 기다란 눈이 커졌다.

그랬다. 한밤의 야습이 거짓말로 치부될 즈음 한낮에 대지가 요동치기 시작했다.

익숙하지 않은 진동이었다.

그그그그그그그그그그그— 궁.

지면에서 머리를 뗐다. 소풍용 간이 탁자 위에 올려놓은 잔 속 찻물 표면을 따라 작은 파문이 끊임없이 만들어지고 있다.

그러다 기어이 탁자 다리가 가늘게 흔들리는 게 아닌가.

쨍그랑—!!!

탁자 위의 찻잔이 땅에 떨어져 깨어졌다.

캠프 여기저기에서 위기를 감지한 유저들이 튀어나와 하늘 위로 눈을 돌렸다.

하늘은 터무니없이 맑았다.

"이 진동은 뭐지?"

"…적인가? 하늘엔 아무것도 없는데……."

하늘이 아님에도 유저들은 하늘만 올려보았다.

그때였다. 아름드리숲 가장자리를 무너뜨리는 거대한 그림자가 튀어나왔다.

우지끈—!

넘어뜨린 나무를 깔아 개며 짙은 갈색의 거대한 무언가가 캠프 쪽으로 방향을 틀었다.

나는 내 눈을 의심했다.

저건?

부르르르르르— 룽. 그그그그그그그궁— 우지끈!!!

하나가 아니었다.

숲을 뚫고 아름드리나무를 짓이기며 박스 형태의 무언가

가 계속 툭툭 튀어나왔다.

……!

무한궤도가 달린…… 그렇다, 현실의 우리들이 탱크라 부르는 그런 물건이었다.

하나 크고 길며 높다. 특유의 전형적인 회전 포탑은 없다.

쇄기형 전면에 가느다란 연통 같은 포가 사이좋게 쌍으로 달려 있다.

탱크라 부르기엔 이걸 뭐라고 해야 하나?

"…에. 에? 저게 뭐죠?"

캐티의 목소리가 가늘게 떨렸다.

그렇게 다시 한 번 E&T 설정의 붕괴를 보아야 했다.

그르르르르르르르릉—

쇄기형 경사면에 밀폐형 몸체 아래로 무한궤도가 부지런히 대지를 박차고 있기에 탱크가 연상되지만 그 높이가 3층 건물 높이에 길이가 30미터로 터무니없이 길었다.

무한궤도로 움직이는 육상 구조물이었다.

"……육상전함이라 불러야겠지."

정말 그런 그림이었다.

유저들의 입에서 히야— 라는 감탄성과 입가에 왠지 가소로운 비웃음이 걸렸다.

거친 장갑 표면을 따라 나가 볼트로 이은 자국이 누더기로 덧댄 옷과 같았다.

만들고 싶어도 만들기 힘든 저질 완성도를 보여주었다.

그렇다. 나타난 적은 덩치에 비해 터무니없이 조약했다.

하나 입가의 미소는 곧 사라졌다.

쇄기형 경사면 상층부에 화난 눈이 그려진 도색 중앙이 열리며 굴뚝이 길쭉하니 튀어나왔다.

유저들이 이 그림에 손을 가리키며 어어 하는 사이 굴뚝 끝에서 섬광이 분출되었다.

씨에에에에엑— 쫘르릉!!!

콰앙—!!!

대지에 충돌한 포탄이 유저들을 산산조각 만들고 나서야 뒤늦은 폭음이 울렸다.

광학 병기는 아니었다. 그렇다고 포탄도 아니다.

이것은 알라봉의 확장판, 대구경 마력탄이었다.

이것이 시작이었다.

숲을 헤치고 등장한 수 대, 아니, 수십 대의 육상전함에서 경쟁적으로 마력탄을 발사했다.

씨에에에엑— 쫘르릉! 콰앙—!!

그렇게 캠프를 향해 무차별 포격을 퍼부어댔다.

유저들이 숨을 곳은 마력석을 캐기 위해 파놓은 채굴 구덩이 속이었다.

나 역시 체면 가릴 것 없이 구덩이를 찾아 몸을 날렸다.

목을 길게 빼고 있는 캐티를 잡아당겨 구덩이로 끌어당겼다.

씨이잉이이이이잉잉— 짜릉—!!!

그러자마자 거짓말처럼 캐티가 서 있던 곳에 마력탄이 떨어졌다.

후두두두둑— 흙 파편이 머리 위로 우수수 떨어져 내렸다.

육상전함은 쉼없이 포격을 가하며 캠프로 다가왔다. 무식한 진동에 대지 표면을 따라 잔돌이 톡톡 튀어올랐다.

“헤…….. 이거 며칠 사이 장난 아닌데.”

“아뇨. 오히려 전 설렙니다. 이것이야말로 진정한 전투 아닌가요?”

어느샌가 알라봉을 가슴에 붙이며 캐티가 말했다.

이 아가씨야— 방금 너 죽을 뻔했거든?!

그러거나 말거나 그녀의 눈은 전의로 불타오르고 있었다.

FPS 게임 마니아다운 눈빛이었다.

‘마법은 가라—!’, ‘마법은 사기야’, ‘강철거인은 슈팅아머의 아류다’ 등 입버릇처럼 이야기하더니 지금 이 상황을 소원성취한 사람처럼 받아들이고 있다.

포성의 진동에 맞추어 등을 구덩이 경사면에 부딪치는 것이 잔탄을 세는 FPS광다운 반응이라.

어이— 상대는 육상전함이라고.

여하튼 접근한 육상전함을 향해 유저들의 알라봉이 발사

되었다.

푸슝— 꽈과앙—!!!

"…저런……."

흙먼지를 삼키며 지켜보니 육상전함의 장갑은 어설픈 만큼 황당하게 두터웠다.

장갑이 깊이 패였지만 육상전함은 여전히 움직이고 있었다.

그리고 옆면을 타고 난 포문이 열리더니 구덩이 속 유저들을 향해 불벼락을 길게 뿜어댔다.

치이이이이익— 화르르륵!!!

…마법 화염방사기였다.

크아악—!

온몸에 불이 붙은 유저들이 구덩이 속에서 튀어나와 땅 위를 굴렀다.

그 위를 무심한 육상전함의 궤도가 지나갔다.

유저들은 보았다.

육상전함 위 프릿츠 형태의 헬맷을 쓰고 있는 녹색 피부에 당근 뿌리가 연상되는 매부리코 종족을.

……고블린이었다.

상체만 드러낸 채 진행 방향과 공격 방향을 깔때기 형태의 관을 향해 연신 지시하고 있었다.

유저들과 눈이 마주치자 씨익 징그럽게 비웃어주기까지.

꽈광—!!!

분노할 겨를이 없다.

포격에 화염방사기에 무한궤도까지 유저들의 혼을 뺏어놓고 있었다.

경사면을 선점해 진지를 구축한 유저들 틈에서 마법체와 정령탄이 날아올랐다.

하나 육상전함 위로 거미줄 같이 생긴 안테나가 진동하자 투명에 가까운 파동이 대기 중으로 퍼져 나갔다.

이 파동에 마법체와 정령탄의 위력이 현저히 줄어들었다.

예로 수박 크기의 파이어볼이 테니스 공 크기로 오그라들었다.

이어 육상전함의 두터움 장갑에 충돌해 흩어지거나 대기 중으로 푸스스 허무하게 사라졌다.

이게 다가 아니다. 마력체의 궤적이 제멋대로 흔들리며 처음 목표에서 터무니없는 곳에 떨어졌다.

광역의 마법 재밍이었다.

어이가 없다기보단…… 이거 재미있다.

원시적이지만 실용적이라는 느낌이 강하게 들었다.

끼리리리리리릭— 육상전함이 캠프를 앞에 두고 정지했다.

기다란 육상전함이 지나기엔 그간 만들어진 채굴구덩이의 규모가 컸다.

잘못 빠져들었다가 모로 기울어질 수 있다.

정지했지만 위력적인 포격과 화염 방사기 공격은 계속되었다.

그렇게 고블린의 육상전함이 진영 깊숙이 들어온 상태다.

육상전함의 후위에서 이상이 있었다.

도개교가 내려오는 식으로 거대한 문이 지면에 떨어져 내렸다. 쫘당—!!!

이 열린 공간을 통해 전고 3미터의 강철거인(?)이 우르르 쏟아져 내렸다.

고블린의 강철거인은 유저들의 기준에 따르면 강철거인이 아니다.

탑승한 고블린 골렘 오너가 강철거인 가슴 중앙에 고스란히 보인다는 것이다.

굵은 뼈대 두 가닥과 가는 철사망으로 보호되는 중장비의 운전석에 가까운 외형이었다.

거친 외관과 어설픈 메카닉 구조가 가소롭게 보였다.

하나 고블린 강철거인이 구덩이에 뛰쳐 내려가 벌리는 살육전은 무시무시했다.

쇠사슬에 쇠공이 서너 개 달린 무기를 휘둘러 유저들을 곤죽으로 만들었다.

저격에 나선 메이지를 찾으면 어깨에 달린 가는 관에서 마력탄이 발사되어 산산조각으로 만들어 버렸다.

그렇게 한 기의 육상전함에서 열여덟 기의 고블린 강철거인이 튀어나와 주변 유저들을 철저히 유린했다.

그들은 육상전함을 중심으로 펼쳐진 구덩이를 하나씩 차곡차곡 점령해 갔다.

그제야 정신을 차린 유저들의 조직적인 저항이 시작되었다.

우선 알라봉에서 발사된 마력탄은 고블린 강철거인엔 먹혔다.

특히 조종석을 노리고 발사된 마력탄에 다수의 고블린 강철거인이 대파되어 너부러졌다.

와아―!

조용히 관전하려는 나에게도 위기가 찾아왔다.

알라봉이 먹히자 붉은 머리 여기사께서 용감하게 저격에 나선 것이다.

"머겅―!"

빠웅― 파팡! 파스스슷.

캐티의 알라봉에서 발사된 마력탄의 겨냥은 너무나도 정확했다.

고블린 강철거인이 자세를 모로 틀어 어깨에 돌출한 장갑으로 마력탄을 튕겨냈다.

이어 프레일을 사납게 휘두르며 달려왔다.

그녀뿐 아니라 옆에 있는 나까지.

야이— 쓸데없이 용감해 가지곤.

뭐, 뭐해?!

그녀는 허둥지둥 마력탄을 재장전하려 했지만 당황한 나머지 장전 미스를 연발했다.

내 앞에서 삼 초에 한 발씩 잘도 장전하더니 실전에 무너지고 있었다.

FPS 선수 출신이라며?!!

가상임에도 살아 있는 상대를 보고 투사 병기를 다룬다는 게 이런 거다.

하물며 현실의 전장은 말할 필요조차 없다.

나는 캐티의 뒷덜미를 잡아채 뒤로 넘겼다.

"으웃……."

눈앞에 고블린 강철거인이 떡 하니 버티고 섰다. 고블린 조종자의 탁한 흑녹색 눈이 조소로 가득 차 있는 게 보일 정도다.

"하압—!"

마력을 개방했다.

오직 순수한 마력만 이용했다. 응용 마법을 발할 여유가 없다.

부우우웅— 코앞에 수박만 한 쇠공이 스치고 지나갔다.

"아!"

등 뒤에서 감탄성이 터져 나왔다.

고블린 강철거인은 지상에서 2미터 들어 올려져 있다. 오직 마력에 의해서.

흔들리지 않는 부동심으로 위기를 넘기지 못했다. 들어 올려진 고블린 강철거인 외에 다른 두 기가 이 광경을 보았기에.

동료의 위기를 목도한 두 기의 고블린 강철거인이 프레일을 돌리며 빠르게 뛰어왔다.

쿵쾅쿵쾅— 붕붕붕붕—!

어깨에 장착된 마력투사기 끝이 나를 겨냥했다.

나를 향한 두 개의 포구가 파괴적인 붉은 에너지를 분출했다.

파슝— 웅!!!

마력을 전환, 나를 중심으로 영역을 확장시키며 진공 상태로 만들었다.

이미 들어 올려져 버둥거리는 고블린 강철거인을 달려오는 두 기의 강철거인을 향해 날렸다.

확장된 진공의 영역을 따라 고블린 강철거인이 포탄과 같은 속도로 날아갔다.

먼저 발사된 마력탄이 던져진 강철거인과 충돌했다.

꽈광—!!!

산산이 부서지며 무수한 잔해로 화해 두 기의 강철거인을 한꺼번에 덮쳤다.

파편 충돌을 이기지 못하고 두 기의 고블린 강철거인은 뒤로 벌렁 넘어졌다.

"후웁― 하압!"

마력을 집중, 너부러진 두 기의 고블린 강철거인을 들어 올렸다.

이어 예의 진공 던지기로 위기를 감지하기 직전인 고블린 강철거인 부대 머리 위로 날렸다.

포탄과 같은 속도로 날아가 충돌하는 강철거인들.

다시금 너부러진 강철거인을 들어 올려 사방으로 진공 던지기를 시도했다.

"헉헉."

마력 소모가 극심했다. 하나 이 수만이 마력 재밍이 펼쳐진 지역에서의 유일한 방법이었다.

그렇게 나를 중심으로 진공 영역이 확장되어 고블린 강철거인들이 공깃돌처럼 날아 충돌하자 자연 전장의 시선이 쏠렸다.

육상전함이 반응했다.

원거리에서부터 마력탄으로 요격하려는 시도가 쇄도했다.

하나 소용돌이치는 고블린 강철거인들의 파편에 충돌하며 막혔다.

그렇게 나에게 시선이 쏠리자 한숨 돌린 유저들이 반격에 숨통이 트였다.

근접 밀리터리 캐릭들이 육탄 공격으로 강철거인에 접근
해 고블린 탑승자에 검을 먹였다.
이어 무기력해진 강철거인은 나에게 보태져 진공 던지기
의 제물로 화했다.

Act 07
선장이 되다

機甲戰記
Massacre
기갑전기 매서커

이젠 고블린 육상전함이 목표다.

작아도 무려 열여덟 기의 강철거인을 내부에 탑재할 수 있
는 배다.

그 배를 중심으로 마력 재밍의 파장이 강렬하게 뿜어져 나
오고 있다.

진공 던지기로 줄 수 있는 피해는 미미하다.

저것이다!

나는 육상전함을 상대로 마력을 모으는 대신 육상전함이
디딘 대지에 마력을 부여했다.

구덩이 모서리가 우수수 떨어져 나갔다. 육상전함의 무한궤도가 디딘 지면까지 파고들었다.

육상전함의 무한궤도가 확장된 구덩이 모서리에 걸치게 되었다.

"우하아―!!!"

소용돌이치는 보랏빛 마력 덩어리가 구덩이 모서리 아래를 날카롭게 훔쳤다.

돌더미와 흙덩어리가 뭉텅이로 떨어져 나갔다.

우스스스슷― 와당탕―!!!

육상전함 측면이 모로 기울어 구덩이 안쪽으로 쓰러졌다.

이에에에에―!!!

흙먼지가 피어오르며 한 기의 육상전함이 침몰(?)하자 유저들의 함성과 환호가 높이 울렸다.

이것이 시작이었다.

반격의 기회를 엿보던 유저 측에서 진정한 강철거인을 투입했다.

부락 내부 위장막에 감추어져 있던 열두 기의 강철거인이 방패를 앞세우며 육상전함에 육박했다.

쿵쾅쿵쾅― 쿵쾅쿵쾅!

육상전함의 돌출한 포를 우그러뜨리고 두세 기가 합세해 측면을 흔들어 구덩이 속으로 밀어붙였다.

놀란 고블린 강철거인들이 저격에 나섰지만…… 장난감처럼 내팽개쳐졌다.

이때부터 전세는 유저 측으로 기울었다.

뒤엉킨 혼란을 틈타 육상전함 내부로 유저들이 침투해 들어갔다. 고블린 승무원들을 도륙했다.

차곡차곡 고블린 육상전함은 침묵에 들어야 했다.

부우우우— 뿌우우우우우—!

고블린 육상전함 중 덩치가 제일 큰 육상전함에서 뱃고동 소리가 길고 짧게 반복해서 울려 퍼졌다.

그러자 육상전함들이 후진하며 물러나기 시작했다.

그 후퇴를 엄호하기 위해 고블린 강철거인들이 필사적으로 엄호에 들었다.

다시금 육상전함의 포구가 불을 뿜으며 퇴각에 힘을 보탰다.

전진에 비해 후퇴 속도가 느린 육상전함이었다.

이를 보완하려는지 육상전함 측면 포구가 열리며 작은 깡통들이 던져졌다.

피쉬쉬쉬쉬쉬쉬이이이—

탁한 녹색 연무가 뿜어져 나오며 전장을 뒤덮었다.

연막탄이었다.

지금까지 관전하던 스톰윈드와 제자들이 나섰다.

바람을 일으켜 연막이 생기는 속도 이상으로 밀어내 버렸다.

스톰윈드들을 노리고 육상전함의 포화가 집중되었지만 나

의 진공 돌리기의 장막에 막혀 성과를 만들지 못했다.

이제 다급한 쪽은 고블린들이었다.

후퇴를 엄호하던 고블린 강철거인에 무수한 유저들이 달라붙어 하나둘 침묵시켰다. 마찬가지로 육상전함 내부에 침투해 들어간 유저들로 인해 육상전함이 탈취당했다.

후퇴의 혼란이 극에 달했다.

나는 나 자신을 진공으로 감싸며 몸을 띄웠다.

목표는 지휘 육상전함이었다.

무려 5층 높이에 길이도 70미터에 달하는, 보는 그대로 움직이는 성채가 따로 없다. 느리게 후퇴 중이었다.

내가 침투할 구멍은 그 어디에도 없다.

진공으로 감싼 나를 스톰윈드가 부드러운 바람으로 밀어주었다.

역시 그는 나에 대한 관찰을 게을리하지 않고 있었다.

그의 도움으로 지휘함의 상판에 부드럽게 착지했다. 그 어디에도 출입구는 보이지 않았다.

경사진 지붕을 따라 걸으며 내부에서 느껴지는 혼란스러워하는 인공지능의 낌새가 고스란히 전해졌다.

거대한 덩치만큼 후퇴가 느려야겠지만 전진만큼 빠른 속도로 후퇴하고 있다.

철판을 통해 요동치는 엔진의 진동이 강렬하다.

반드시 이놈을 잡아야 한다!

거친 조립 흔적에 약점이 있었다.

나는 상판에 손을 가져다댔다.

그리고 마력을 진공상태로 응용하며 볼트와 너트의 조임 틈새로 내부 공기를 뽑아냈다.

동시에 포이즌 메이지다운 무색무취의 청산가스를 스며들게 했다.

쉬이익—!

공기가 빠져나간 자리를 청산가스가 빠르게 잠식해 들어갔다.

제일 상층부부터 침묵에 들어갔다.

이어 밑층, 다음 제일 하층. 마지막 기관부층까지 완벽하게 청산가스로 채워졌다.

내 몸도 그러라고 말하고 있다. 현기증이 핑— 하고 돈다.

마법 구현을 중지하려는데.

…털털털털.

바로 숲이 시작되는 지점에서 고블린 지휘함은 기관 침묵과 동시에 정지했다.

원하는 바지.

*　　　*　　　*

한낮의 난장판이었다.

한밤에 이루어진 미지의 적이 가한 피해나 고블린 육상전함 전대가 입힌 피해나 대동소이했다.

원정대의 유저들 반이 데드당했다.

둘 다 그만큼 줄이는 것을 약속한 것 같다.

하나 이번엔 성과 자체가 다르다. 내가 노획한 기함급 육상전함을 포함하여 무려 13척에 달하는 육상전함이 유저들 손에 떨어진 것이다.

시간이 걸리겠지만 수리를 하면 8척 정도 더 늘어날 수 있다.

그래서인가 동료가 반이나 사라졌음에도 유저들은 자신들이 노획한 성과에 더 고무되어 있다.

무수한 고블린 강철거인이 노획된 게 컸다.

게다 놀랍게도 이 고블린 강철거인은 골렘 오너 자격이 없어도 유저들이 조종이 가능한 기체라는 것이다.

조종석이 노출된 만큼 중장비에 가까운 기체였다.

아니면 서비스 외 지역 특유의 서비스일지도.

여하튼 지금 나 역시 비좁은 조종석에 몸을 구겨넣은 채 고블린 강철거인의 기동을 숙지하는 중이다.

"오호. 이건 완전 장난감이구나. 아날로그의 향기가 진동해. 이것으로 겨냥, 이렇게 발사하는군. …단순해서 좋아."

간만에 손맛을 느껴 기분이 들뜬 나다.

진력도 마력도 의미없다.

목적에 충실한 복합 아이템이었다.

그랬다. 민감한 마나 컨트롤 대신 양손 스틱과 양발 페달로 움직이는 것이 소싯적 게임기기를 가지고 놀던 추억을 되살리기 충분했다.

"…나에게도 기회를……."

이런 나의 재미를 유일하게 방해하는 존재는 캐티였다.

자칭 전쟁광이지만 전쟁 젬병.

뭐. 부려 먹으려면 장난감의 공유는 기본이려나.

나는 고블린 강철거인에서 몸을 뺐다.

그리고 장난감(?)을 넘겨받으려 등에 진득이처럼 달라붙은 캐티에게 넘겼다.

"화력 통제 장치는……."

꽝— 꽝—!!!

폭음에 엉덩방아를 찧었고 귀청이 찢어지는 고통에 온몸이 떨렸다.

"야이—!!! 이 아줌마야—!"

"…죄송합니다. 장전되어 있는 줄 몰랐습니다."

"에혀……."

바로 그 설명을 하려는데 어떻게 타자마자 마력탄 발사기 버튼부터 눌러대냐…….

다행히 마력탄은 캠프 반대편인 저 멀리 숲 한가운데로 날아가 떨어졌다.

그 대신 유저들의 책망이 깃든 황당한 시선이 쏠렸다.

"애 보는 앞에 물도 마시지 말라 했지. 어이, 폭탄 걸. 당장 내려!"

"……으웃. 한 번만, 아니, 5분만. 제발……. 이제부터 조심할게요."

그러는 사이 유저 캠프 한가운데서 녹색 연막탄어 피어오르며 그 중심으로 유저들의 욕지기가 사납게 터져 나왔다.

누군가가 고블린들의 장비를 호기심으로 손댄 것이리라.

이러저런 그림들이 유저 캠프 곳곳에서 벌어지고 있는 상황이었다.

잠시 문제의 캠프 쪽으로 한눈 파는 새 캐티가 조종석의 단추와 스틱에 손을 가져가는 게 아닌가.

이크. 프레일 휘두르기 복합 동작 조합이다.

"거기 스탑! 당장 내려―!"

"…히힛. 짠돌이."

"안 짜거든?! 덜렁이?!!"

"…우씨. 두고 보지 말입니다."

"두고 보지 말고, 어서 놓고 보시지."

"타면 임자지 말입니다."

"호곡!"

그러면서 내려올 생각 없이 버티고 앉는 캐티였다.

올라탔으니 어서 꺼내보라는 듯 전에 없이 불량스럽게 휘파람을 불며 눈은 조종관 스틱에 가 있다.

야― 고장 낸다.

"그러지 말고 잘 가르쳐 주지 말입니다."

이거슨…… 선임에 개기는 '배 째라' 후임 스킬!

이 군발이 찐따 같으니…….

"애정이 부족하지 말입니다."

애정?! 무슨 애정? 애정 같은 소리 하고 있네?!!

아차. 밤이 두렵다.

"……졌다."

"헤헤."

그녀는 승리한 개구쟁이 같은 웃음을 날려왔다.

거참. 여자가 이렇게 능청스러울 수 있다니……. 넌 연구

과제야.

＊　　＊　　＊

노움으로 추정되는 미지의 적은 잠수함 형태의 공중전함에 누에고치형 강철거인을 사용했다. 광학병기와 일시적으로 공중으로 날아오르는 성능까지 발휘했다.

고블린임이 확실한 적은 탱크형 육상전함에 마력포와 화염방사기에 원시적인 스틱 조종 방식의 강철거인을 운영했다.

하늘에 나타난 미지의 적과 비교하면 확실한 다운그레이드다.

하나 이 둘의 공통점이 있었으니 그 의도라 하겠다.

이 둘 다 유저들의 능력에 대한 위력 정찰에 가까운 도발이었다.

유저들은 본격적인 전투는 아직 발발하지 않았다는 것을 오랜 경험으로 알고 있는 듯 가는 미소 속에 긴장감이 배어 있었다.

그 반면 스틱 조종형 강철거인의 비좁은 조종관을 제집처럼 여기는 캐티만이 기운이 펄펄 넘쳤다.

"웃샤. 이것이 전설의 풍차 돌리기—"

전설까지는…….

처걱처걱. 붕붕붕붕—!

기어 맞물리는 거친 소리와 함께 캐티가 탑승한 강철거인의 손에 들린 쇠사슬 끝에 매달린 수박통만 한 쇠구슬 세 개가 요란하게 바람을 갈랐다.

앞뒤, 좌우, 상하, 강철거인을 중심으로 검붉은 궤적으로 장막이 형성되었다.

그리고 경쾌한 스텝으로 동작이 이어졌다. 이동하는 내도록 궤적의 장막은 그대로 유지되었다.

유저들의 머리를 수박처럼 터뜨렸던 바로 그 파괴적인 연속 동작!

고블린들의 공격 기술을 완벽하게 재현해 낸 것이라.

오—!!!

주변에서 감탄의 박수가 따랐다.

그거다 내가 가르쳐 준 거거든?!

그렇게 그녀는 나름 고요한(?) 일주일 사이에 고블린들이 구사한 동작을 완벽하게 재현하는 데 성공한 것이다.

가르치는 동안 삐뚤어진 성격이 교정되는가 싶을 정도로나 메드 메이지 지오의 인내력에 거듭 감탄하는 순간이었다.

혹자는 교습을 빌미로 비좁은 조종관 안에서 캐티를 상대로 부비부비(?)를 만끽했다고 하겠지만 내가 그리 싼 인간이아니다.

…싸다고?

아니, 싸지는 않고 약간 저렴하다고 할까.

어험. 이 일주일이 나에게 이 장소에 대한 비밀을 엿볼 수 있었던 시간이었다.

고블린 강철거인의 에너지원은 마력의 열에너지 전환으로 그 열에너지는 증기로 전환되어 피스톤을 움직이는 물리력으로 옮겨졌다.

마치 산업 혁명기의 증기 기관을 모방한 그런 개념이었다.

연료인 석탄 대신 마력석이 그 자리를 대신했는데 그 마력석을 검사해 보니 가공되지 않은 원석 형태였다.

바로 이곳에서 채굴되고 있는 그런 것이었다.

하나 색에서 약간 차이가 있는 것이 이곳에서 채굴된 게 아니었다.

이곳 말고 또 다른 마력석 광산이 있음이라.

추리는 우선 여기서 멈추자.

눈앞에 바쁜 일이 따로 있다.

유저들의 환호에 힘입어 강철거인으로 펄쩍펄쩍거리는 캐티에게 외쳤다.

"어이— 힘자랑 더 하고 싶으면 저기 널려 있는 철판 쪼가리나 가져오지?"

"…에, 너무 막 부리지 말입니다."

"싫으면 말고. 내게 비장의 복합 동작이 있는데 말이지……."

"홍— 배울 건 다 배웠지 말입니다. 더 이상 속지 않지 말입니다."

"오호— 그러서?! 그대, 날고 싶지 않은가?"

그러며 나는 손가락으로 하늘 위를 가리켰다.

여기사의 눈동자가 격하게 흔들렸다. 홋— 가소로운 것.

"속이지 말지 말입니다. 고블린 강철거인은 하늘을 나는 기능이 없지 말입니다."

"물론 하늘을 나는 기능이 있을 수 없지. 하나 강력한 점프라는 게 있지."

순간 깊은 고민에 드는 캐티였다.

"으으. 한다고 말입니다."

"후훗."

넌 내 손바닥 안이야.

길쭉한 보라색 웃음에 모여들었던 유저들이 화들짝 놀란 얼굴로 뿔뿔이 흩어졌다.

찬물을 확실히 끼얹었었군.

지금 추리보다 더 바쁜 일이 있다.

보라— 누추한 천막 노숙에서 환골탈태한 이몸의 새로운 거처를.

일단 웅장하다. 게다 느리지만 움직이기까지.

그렇다. 나의 새 거처는 손수 노획한 고블린 육상전함으로 옮겨졌다.

지금처럼 강철거인 운전술을 미끼로 캐티를 타박해 리모
델링이 한창이다.

고블린들의 기술은 거칠다. 오로지 성능만 나오면 된다는
식으로 만들었기에 함 내 곳곳의 이음새가 터져 있었고 볼트
와 너트가 대충 튀어나와 발이 걸리지 않으면 로브 자락이 걸
려 넘어지기 일쑤였다.

결정적으로 고개를 숙이며 다닐 정도로 전창이 낮다.

하나 내가 누구던가?

아크 메이지 일단의 애제자 이전에 헉스 영감의 무구공방
에서 미적 감각을 엿보았지 않은가.

그 처절한 '씨다바리' 세월…… 근육이 터져라 풀무질과
망치질을 했고 강철거인의 외장갑을 입히며 무식한 볼트와
씨름했다.

그 개고생을 온몸이 기억하고 있다.

왜 갑자기 점잖지 못하게 비어 남발이냐고?

빛 속에서 빛을 느낄 수 없었던 나름 암흑기였으니까.

그렇게 노틀담의 곱추, 메카닉 지오만은 못해도 이런 투박
한 조립 상태는 능히 개선할 능력이 되고도 넘친다.

주변에 너부러진 고블린 육상전함의 잔해는 부족한 부속
을 채우기 충분한 재료 창고가 되어주고 있다.

말이 리모델링이지 완전 개조에 가깝다.

대담한 실험도 포함되어 있다. 대담한 실험?

유저들의 강철거인 중 다수가 미지의 적의 공습에 잿더미로 변했다.

그 가운데 내부기관 중 쓸 만한 것들을 추려냈다.

조립해 강철거인을 만들기엔 이곳 사정이 열악하니 저렴하게 고철 값에 구입할 수 있었다.

뭐, 다들 절대적으로 양보하더라.

여하튼 그런 과정을 거쳐 강철거인의 마나엔진과 펌프를 육상전함의 기관에 장착했다. 기존의 것은 그대로 둘 정도로 장착 공간은 터무니없이 넉넉했다.

그렇게 육상전함은 변신에 변신을 거듭하는 중에 있다.

오늘의 과제!

헬기가 내려앉을 만큼 넉넉한 갑판이 눈에 들어왔다.

"흠. 강철거인의 허리축을 토대로 회전 포탑을 설치하는 거야."

하루 일거리는 되리라.

"허허. 개조하는 재미에 아주 푹 빠졌군. 우리랑 좀 놀아주면 어떨까?"

등 뒤에 나타날 때부터 그와 일당들이 등장을 알고 있었다. 아크메이지 스톰윈드와 제자들 그리고 덤부 등 채굴장의 운영위원들이었다.

그들은 부쩍 이 육상전함에 관심이 깊다. 아님 나인가?

그들 역시 나를 흉내 내 노획한 육상전함의 개조에 힘쓰고 있다.

하나 지지부진, 아니면 부서져 버리기 일쑤였다.

이것이 바로 헉스 공방에서 단련된 공력의 차이랄까. 그런 거다.

"무슨 볼일이신지?"

"같은 배를 탄 날이 얼마인데 여전히 까칠하기는."

"이 배는 제 배입니다."

"큭. 여하튼… 사람들 속에 혼자이고 싶은 남자 놀이는 그만하는 게 어떤가?"

"혼자이고 싶은 남자라……. 제가 그렇게 처량해 보이나요?"

거참. 누가 처량해 보이고 싶어 이러나.

홀로 남은 자의 슬픔을 덜기 위한 자기방어다.

"다 제멋에 사는 인생이니 없던 말로 함세. 용건을 말하지. 너무 조용해서 말이지. 우리 쪽에서 숲을 가로질러 추격을 하자는 의견이 나왔네. 그래서……."

그의 말을 끊었다.

"이 배를 가지고 달아난 고블린 육상함대를 추격해 달라 이 말이군요? 더불어 본거지 정탐까지."

"으음. 그렇네. 솔직히 좋게 포장해도, 미끼 역할은 미끼 역할이네."

"좋습니다."

"머, 뭐?!"

선뜻 대답하니 오히려 당황한 쪽은 스톰윈드와 덤부들이었다.

"어차피 무슨 핑계를 만들어서라도 등 떠밀 게 뻔한데 그런 일에 신경 쓰기 귀찮고. 지원이나 두둑이 챙겨서 나서는 게 덕이니까요."

"허, 거참."

"사람들 속에 혼자인 남자는 나름 쿨하거든요."

"그럼 어떤 지원을 원하나?"

"먼저 출발은 삼 일 후에 하는 것으로 합시다."

"좋네."

"그럼 배를 완성할 정비 인원을 최대한 모아주시고, 선원 선발은 전부 제게 일임하는 겁니다."

"선원 선발을?"

"숲에서 선원이라는 말을 쓰는 건 웃기지만 혼자이고 싶은 남자의 선장 놀이가 이번 이벤트의 컨셉이니 맡겨주세요."

"그럼 나는 제일 먼저 나를 추천하고 싶은데, 선장님?!"

"어허, 왜 이러시나? 속 다 보이는데."

"그런가?"

"참살, 참극 남매를 선원으로 받아들이죠. 그 이상은 제가 원하는 조건이 늘어납니다. 더불어 출발 시간도 늘어지겠죠."

“워워. 좋네. 제자 둘로 만족하지. 나머지는 알아서 하게.”

“당연한 말이지만… 배에서 선장의 명령은?”

“당연히 스승의 명과 같지.”

옳거니.

스톰윈드 뒤에 도열한 두 남매를 향해 윙크를 찐하게 날렸다.

나름 자부심 넘치는 얼굴로 도열한 참살의 얼굴이 보기 좋게 구겨진 반면 누나인 참극의 인형 같은 무표정은 여전했다.

눈빛이 기대로 약간 흔들렸다고 생각하는 건 나만의 착각이려나?

후후. 선장실을 광뻘나게 꾸며야지.

“자, 그럼 여기 적힌 목록의 물건과 유저들을 차출해 주십시오.”

“흐음. 이미 떠날 생각을 하고 있었구먼?”

“후후. 군중 속의 고독한 남자의 혜안이라 합시다.”

“끄응.”

어떻게 알고 있었냐고?

유저들의 눈빛을 읽었다.

육상전함을 쾌속으로 개조하며 주변에 오죽 요란을 떨었겠는가.

한데 유저들이 모두 감내하더라.

악명에 눌렸다기보단 곧 사라질 터이니 참자는 그런 느낌

말이다.
그렇다.

군중 속에 고독한 나는, 나름 악인이다.

OF TEN DIVINE NAMES
Act 08
미끼

機甲戰記
Massacre
기갑전기 매서커

두둥―!

깃발을 올렸다.

내가 도안한 그림은 아니다. 거금 들여 기존 도안을 다운 받아 깃발에 박았다.

깃발엔 반세기 전 세계를 지배했던 녹색 안드로이스키가 박혀 있다.

애꾸 안대에 선장 모자를 쓴 제법 귀여운 구석이 있는 그림이다. 뭐 주관적이겠지만.

야밤. 공중에서 떨어져 내린 그 누에고치 형태의 강철거인의 원형 되겠다.

졸지에 파티와 용병단과 길드에서 차출당한 내 기준에만
쓸모있는 유저들이 깃대에 걸린 애꾸눈 안드로이스키 깃발을
입을 벌린 채 우러러 보았다.

분위기 싸하다.

더러는 불만이 가득한 얼굴들이다. 자발적이지 않은 차출
이니 왜 아니 그럴까.

함상은 나, 포이즌 메이지가 발하는 중독에 대한 공포에서
벗어날 수 없는 구조에서이리라.

막말로 쫄은 이들은?

캠프에서 나에 대한 욕을 제일 많이 한 놈들로 모았다.

후후. 당연히 불안하겠지.

"……저, 우리 해적인가요? 그런 퀘스트 받으신 거죠?"

캐티가 해적이라는 표현에 자신이 없다.

숲을 누비니 산적이 맞겠지만 말 그대로 육상전함이기에
달리 표현할 방법이 애매한 경우라.

"퀘스트 공유! 플리즈!!"

눈빛만은 은근한 기대로 초롱초롱하다. 그녀의 기대에 경
도된 몇몇 유저들도 기대하는 눈치다.

내가 특별하긴 하지만 이곳은 하이엔드 유저나 뉴비나 조
건이 같은 서비스 외 권역이다. 손가락을 튕겼다. 딱!

이곳은 퀘스트 발생 제한 지역입니다.

그렇게 퀘스트창을 공간에 띄워 모두에게 보여주었다.

히든 퀘스트 같은 것을 기대했는데 자신들이 처한 상황과 같음에 다들 실망하는 분위기로 변했다.

"아니, 이 배는 보물선이다. 이 배에 실린 보물을 고블린과 미지의 적이 반드시 노릴 것이다."

"보물선?! 이 배가? 퀘스트도 미션이 전혀 없었잖아요?"

캐티가 항의하는 조로 말했다.

"유저가 만드는 게임에서 부여받은 퀘스트와 미션은 한계가 명확하다."

"……"

"그렇지만 지금 서비스 외 지역이 무엇을 말하고 있음인가? 바로 모든 것이 우리 하기 나름이라는 것이지. 그 증거로 고블린 부락의 마력석을 들 수 있다. 우리가 오지 않았으면 그 누구의 것도 아니었다. 그리고 결정적으로 우리는 고블린 육상전함을 노획해 개조까지 성공했다. 이는 무엇을 말함인가?"

"그렇다는 것은?"

"그렇다. 초대다! 그 무엇이 우리를 부르고 있음이다."

모두 고개를 끄덕이며 납득하는 분위기다.

훗훗. 역시 꿈보다 해몽이라니까.

"그런데 이 배가 보물선이라는 설명은?"

"보물? 나도 모른다. 하나 다른 고블린 육상전함과 비교해 보라. 유저들의 마구잡이 개조를 아무런 저항 없이 받아들이고 있는 유일한 배다."

"아!"

이 몸이 개고생한 대가라니까.

한데 모두 고개를 끄덕이며 '그러면 그렇지!' 하는 분위기를 연출했다.

아니 이것들이?!!

"바로 이 배에 이 모든 것을 가능케 하는 그 무언가가 감추어져 있음이고, 나는 탐지하지 못했지만 여기 누군가는 그 보물의 존재를 파악할지 모르지. 서비스 외 지역의 보물찾기랄까."

……

캐티는 물론 끝까지 황당하고 심드렁하던 표정의 유저들의 표정이 돌변했다. 시선이 내 입에 흘려 있다:

옳거니.

이왕 거짓말을 하려면 당당하게 하라!

"이 배가 적을 정탐하러 가는 임무만 수행할 리 없다. 당연히 이 배에 반응하는 그 무언가가 나타나지 않을까? 어쩌면 우리에게 콜럼버스나 케사로 같은 역할을 부여하고자 함일지도……."

"……."

드디어 유저들의 눈에 미약한 호기심과 비협조적 관심에서 이글거리는 탐욕이 자리 잡았다.

서비스 외 지역은 깃발을 먼저 꽂는 자가 임자 아니던가.

자신들이 신대륙의 발견자와 아즈텍의 정복자가 될 수 있다고 말한 나까지 정말 그런 일이 벌어질 것 같아 심장이 두근거렸다.

이런. 내 구라에 내가 경도되다니?!

진정한 구라쟁이는 자신까지 속인다 했지. 좋아, 발전했어.

아니나 다를까. 캐티가 그렇게 당해 놓고도 또 속아넘어 갔는지 진지하고 순진한 얼굴로 되물었다.

"그런데 이 배의 선원을 선발한 기준은 뭐죠?"

유저들의 얼굴이 순간 굳어졌다. 왜 자신들이 차출되었는지는 정말로 궁금한 사건이기에.

"아크 메이지 스톰윈드와 나의 스승 아크 메이지 일단의 제안에 따른 것이다. 캠프네 유저 가운데 진정 특출한 유저들을 선원으로 선발해야 한다고. 그리고 그 기준은 단 하나! 리

더 쉽!!!"

……?

어리둥절한 얼굴들이다.

"아시다시피 여기 있는 여러분들은… 나름 유저들의 리더 역할을 수행했지 않았는가? 그렇다, 오직 리더만이 이 불확실한 세계를 살필 혜안을 가지고 있음을 확신해서다. 나는 여러분의 그 지혜가 필요하다."

……!

험험. 다들 '우리가 정말 그런가?' 라며 서로의 눈치를 살피며 마른기침을 해댔다.

인정하기엔 서로 낯 뜨거워서이리라.

이들? 캠프의 숨은 리더들이 전혀 아니다.

여러 마디로 불평분자에 구라꾼에 이간쟁이에 비겁하기까지 한 생존에 특화된 유저들의 집합이었다.

한 마디로 쓰레기다.

"분하지만 나 역시 이 배에 실린 보물이 무엇인지 알지 못한다. 그저 개조만 했을 뿐. 이 무차별적인 개조를 받아들인 메커니즘은 찾질 못했다. 그것을 영명한 여러분들과 함께 찾기를 기대할 뿐."

"아……."

정말로 믿는가 보다.

반면 참살의 얼굴이 구겨졌다. 이들의 면면을 추켜세운 게

못마땅한 눈치다.

게다 스승의 차출로 이 자리에 있는 것 자체가 억울한가 보다.

그러거나 말거나 누나인 참극의 무표정한 인형 같은 얼굴은 눈빛조차 감정이 결여되어 있다.

그래서 왠지 뜨끔하다.

내 거짓말을 눈치채다니……. 한데 달리 인형적 감성의 소유자인가.

반박하지 않았다.

내가 지금처럼 쓰레기들을 추켜세우며 요리조리 핑계거리를 남발할 것임을 알고 있음이지.

여하튼 나의 이 보물선 구라(?)에 선원들로 차출당한 유저들의 반응은 급반등했다. 나를 향해 고개를 길게 빼며 눈빛이 아이처럼 초롱초롱하다.

자신들의 진정한 가치를 알아주는 유일한 유저로 보일 테지.

후훗. 딱 걸렸어!

한데 왜 이런 자들로 선원을 채웠을까?

이들은 나름 어떤 의미에선 캠프의 이야기꾼들이다.

하나를 보면 열을 이야기해야 직성이 풀린다. 이들로 인해 나의 장난이 극악한 악행으로 포장되어 캠프의 유저들에게 널리 퍼졌다.

결정적으로 참극, 참살 남매의 사건이 결정적이었다.

참극이 그 사실을 모를 리 없으니 심기가 불편할 밖에.

그동안 캐티에게 은밀히 나에 대한 소문을 퍼뜨리는 유저들을 알아보게 했다. 눈치없이 알아보고 다녀 캠프가 냉각된 이유가 되기도 했지만.

여하튼 바로 그 주인공들이 이 자리에 있다.

딱히 이번 여정에 특별한 클래스의 도움이 필요한 게 아니다.

오직 보물선 이야기를 주구장창 퍼나르기를 바랄 뿐.

이들은 본인들의 정치적, 경제적 성향에 따라 보물선 원정을 마구 포장해 덧입혀 퍼뜨리리라.

그래서인지 이런 영광스러운 임무에 참여하다니라며 눈물을 글썽이며 감동해 마지않는 이들까지 보였다.

짜식……. 외로웠구나.

물론 감동해하는 분류와 반대로 호기심 반 의심 반인 마음으로 눈빛을 날카롭게 빛내는 이들도 있다.

전부 이 배를 구멍 난 지갑 들여다보듯 샅샅이 뒤질 하이에나의 눈빛이다.

"그런데 저 깃발의 의미는 뭐죠?"

들뜬 목소리로 캐티가 물어왔다. 이 아가씨 은근히 바람 잡을 줄 안다니까.

"가상지도 가글 어스를 이용하기 위한 고육지책이야. 나

아크 메이지 일단의 제자가 저런 유치한 깃발을 달고 싶었을
까?”

“아— 가글 어스…….”

뭐야, 정말 납득하고 있어.

이에 경도되어 고개를 끄덕이는 유저, 아니, 이제는 선원들
이었다.

그렇게 나에게 캠프에서 유일하게 반항하는 존재인 캐티
가 절실히 납득하니 의심의 눈을 가진 몇몇까지 납득하며 고
개를 주억거렸다.

한 사람을 속이면 만인을 속일 수 있다!

그래. 세상은 나에게 속기 위해 존재하는 거야.

이유?! 궁금하지?

어릴 때 가지고 놀던 장난감이라는 게 이유라면 이유다.

이런 걸… 추억이라는 거지.

“자, 그런 의미에서 여러분—! 에브리 바디 오케이?”

“““““네— 선장님!”””””

캐티의 당찬 복창에 다시금 경도된 선원들이 따라 합창했
다.

“각자 위치로—!”

당당하게 명령했다. 선장… 아니, 구라왕으로서.

"""""위치로—""""".

선원들은 기다렸다는 듯이 가상 연락 창을 열며 배 안으로
구석구석 흩어졌다.

절대 군말 없이…….

어서 빨리 이 배의 감추어진 보물을 찾고 싶을 테지.

그렇게 배 안 가득 구라쟁이들을 채웠다.

지금쯤 캠프는 인원 절반이 빠져나간 느낌이 들 테지. 이들
이 그런 존재들이다.

적막감 속에 이들이 알려주는 한줄기 소식은 믿기 싫지만
믿어야 하는 소식으로 퍼지리라.

진정한 거짓말쟁이는 자신의 거짓말을 진짜로 믿는다 했
던가.

고로, 내 입이 보물이시다. 암.

멀리 멀어져 가는 갈색으로 대지 속살을 드러내 놓은 캠프
를 바라보았다.

스톰 위드는 나를 보내고 무엇을 획책하려는지 알 수 없다.

절대 선의의 인간이 아니기에 서로 궁금해야 한다.

그러나 시간이 지날수록 내 쪽에 궁금증이 더 커질 터.

분주히 움직이는 선원들을 눈에 담았다.

너나 할 것 없이 눈빛이 반들반들하다.

나름 만족하고 있는데 캐티가 옆에서 작게 중얼거렸다.

"저, 잘 했죠?"

"……."

"이 정도면 부창부수 아님?"

"……."

아 니 느 가 .

선머슴 개구쟁이 같은 미소에 머리털이 곤두섰다.

"헤헤. 그럼, 부상으로 머리 쓰다듬기―"

"……."

풀어주니 은근히 엉기네.

한데 정말로 기대하는 눈빛이잖아.

이거슨…… 그래, 매를 부르는 눈빛이야.

그냥 한 대 맞아라.

Act 09
0.03%

機甲戰記
기갑전기 매서커

"더 이상 참을 수 없다! 이 배엔 보물 같은 건 없음을 선원들에게 이실직고하시지."

심드렁한 얼굴의 참극이 분노한 얼굴의 선원들과 함교로 올라와 따졌다.

분위기 험상궂다.

쯧쯧. 이제야 눈치챈 거야?

아니면 이제야 패거리를 모아 따질 용기가 생긴 것이겠지.

참극이 따지거나 말거나 함교 밖 풍경을 눈에 담았다.

그르르르르르르르르릉— 우지끈.

변함없이 무한궤도가 숲을 뭉개며 육상전함이 전진하고

있다. 무한궤도가 대지를 짓누르는 진동이 안정적이다.

시속 25킬로미터 속도로, 하루 600킬로미터로 10일간이니 무려 6,000킬로미터를 이동했건만.

숲, 숲, 숲의, 녹색의 무한지대였다.

보이는 풍경과는 달리 따분해서 힘든 10일간이었다. 정말로.

이동하는 동안 이들을 부려먹었다. 보물찾기를 빙자한 함 개조에 적을 대비한 전투훈련으로 말이다.

이들로서는 도저히 납득하기 힘든 시간이었으리라.

감히 어디서 이런 부품 취급을 당해보았으랴.

한데 야박하고 오만한 참살의 선동에 선원들이 동조하는 배경은 과연 무엇일까?

이들은 전형적인 보신주의 유저들이다. 손해를 용납할 수 없다.

그런 이들 덕에 배가 배다워진 것은 부인할 수 없지.

Information

구축형 육상함

고블린 고유 복합 아이템으로 서비스 외 지역에 한하여 운영 가능하다.

유저들에 의해 대폭 개조되었다. 내부 거주 공간 확보는 여전히 진행 중에 있다.

마력석에 의한 증기엔진이 기동의 핵심으로 배수량 기준 1,200톤에 달한다.

길이 123미터.

너비 12.3미터.

속력 정속 시 25킬로미터.

전투 시 38킬로미터.

승무원 138명.

무장 2연장 마력포 4문.

측면 소구경 마력포 각 28문.

…….

보았나? 그렇다.

출발 전 나타나지 않던 육상함 상태창이 생겨났다.

극적인 변화다. 전부 이들 공이다.

후후. 너무 부려먹었나?

게다 감히 착취하기까지.

아— 정정. 자발적인 갈취다.

조명, 난방, 취사, 내부통신 등 배 구석구석 이들이 캠프에서 꿍쳐 놓은 마력석이 박혀 있다.

그렇다. 이들은 자신들의 거주 공간을 확보하기 위해 꿍쳐 둔 아이템들을 이 거대한 철 구조물에 처발라야 했으니…….
속이 쓰린 배경이라.
　자신들의 편의를 위해서지만 결국 이 배가 고스란히 집어
삼켰다.
　외부 개조에 내부 개조를 거듭하는 과정에 전부 토해냈
다.
　그 덕분에 배 한 척 완벽하게 만들어졌음이고.
　배를 돌려야 본전을 챙길 수 있음이니 참살이 이 틈을 파고
든 것이다.
　참살의 기세가 등등하다. 언제 이런 지지를 받아보았겠는
가.
　"빈 깡통 같은 구조물을 이렇게까지 번듯하게 변모시켜 놨
으니 과연 이 배가 보물 그 자체 아닐는지. 후후."
　시큰둥한 어투로 모두에게 들리도록 말했다.
　"이익!"
　…….
　자연 공기가 팽팽하게 곤두섰다.
　폭동 직전의 분위기!
　참살과 선원들을 지그시 바라보며 선장 자리에서 일어섰
다. 보라색 로브 소매 자락을 탁탁 힘있게 털며.
　참살은 물론 선원들 전부 한 발 물러났다.
　짜식들― 쫄기는.

"그래. 고작 이 배가 보물이라고? 이건 서비스 지역으로 가져갈 수 없는 고철 덩어리라고!"

"서비스 외 지역을 자유롭게 누비는 아이템이 보물이 아니라?!"

"궤변 늘어놓지 마—! 더 이상 안 통해! 그리고 이 앞엔 보물 같은 건 없다고 밝히라고—!"

참살이 발악하듯 외쳤다.

참살의 눈빛 깊은 곳에 도사린 두려움을 직시하며 입가에 미소를 담았다.

역시 그렇군.

참살이 부르르 떨었다.

그랬다. 참살은 시간이 지날수록 평범한 유저와 같은 상황에 처해지고 있음을 두려워하고 있었다.

나 역시 마찬가지로 하루하루가 달랐다. 마력을 끌어모으려 해도 대기 중에 흩어진 마나 농도는 서비스 지역에 비해 5%가 채 되지 않고 있다.

가상인에게 최악의 환경으로 다가가고 있음이라.

현실과 같은 무력함에 다들 치를 떨고 있었다.

무기력함에서 오는 공포, 두려움……. 참극과 선원들을 공포로 몰아넣고 있는 근본 원인이었다.

게다가 삼 일 전부터는 장거리 체내 통신도 먹통이다. 로그아웃해 SNS를 통해 이곳 상황을 알려야 했다.

당연히 선원들을 바보 취급하는 이들이 생겨났다.

자신들이 포장한 위대한 여정이 뻘짓이라니……

하루하루 진정한 의미로의·서비스 제한 지역에 든 게 전부니 후회막급이라.

자, 이제 어떤 말로 우롱할까?!

막 입을 열려는데 함교로 통하는 반대편 문이 왈칵 열렸다.

"이 파란 쥐새끼— 감히 선상 반란을 획책해—?!!"

어이쿠— 왈가닥 캐티였다.

순찰 중 소식을 듣고 급히 달려온 것이었다.

캐티의 붉은 머리칼이 도깨비 뿔처럼 두 가닥으로 곤두서더니 참살에게 달려들었다. 두 손으로 참살의 멱살을 불끈 틀어잡았다.

순식간에 벌어진 상황이었다.

캐티에 의해 들어 올려져 버둥거리는 참살이었다.

완력이 장난이 아니다.

"크… 이 무식한……"

"한 마디만 더 하면 목을 부러뜨리겠어."

"크으……"

틀어진 멱살은 순식간에 유도의 십자 조이기 형태로 바뀌어 있다.

무력지대로 진입할수록 힘을 내는 캐릭이 있으니 바로 캐티였다.

그녀는 가상 삶에 나름 적응했지만 월등한 능력을 가지지 못했다. 하나 현실적인 능력이 빛을 발하는 무력지대(無力地帶)에선 그 이야기가 백팔십 도 달라졌다.

유도, 합기도, 특공 무술 등을 두루 섭렵한 폭력성을 유감없이 발휘하는 중이다.

일등 항해사다운 완력이라.

여기에서 캐티에 대한 집중탐구 들어가 보자.

캐티의 말이지만 현실에서 사람을 쳐 본 적이 없다 한다.

수련과 훈련 과정에선 누구보다도 위력을 발휘했지만 이는 수련과 훈련에서 일일 뿐. 결정적인 실제 상황에선 버벅거려 맡은 임무를 망치기 일쑤였단다.

스파링을 잘하는 권투 선수가 링 위에 오르기만 하면 얼어붙는 경우와 흡사하다.

그렇게 고도의 무도 수련을 했음에도 그 위력을 제대로 발휘 못해 처방받은 것이 가상에서의 일상적인 폭력 행사란다.

나름 가상인이 되었지만 하이엔드가 되지 못하는 배경이기도 하다.

여하튼 캐티는 '지금 나 잘하고 있지요? 하는 눈빛을 돌아보았다.

…졌다.

마치 개구쟁이 남동생 같은 느낌에 도저히 미워할 수 없다.

거 있잖은가. 형님을 무한 숭배하는 남동생 같다고나.

무력지대에서의 생활이 나날이 깊어질수록 보호자 행세가 과하다.

그래서인가, 캐티의 행동에 선원들의 인상이 거칠게 변했다.

"우씨ㅡ 이 참에 우리가 배를 접수합시다."

"그래요ㅡ 더 이상 못 참아ㅡ!!!"

"어서 배를 돌립시다. 이건 미친 짓이야ㅡ!"

"괜히 서비스 제외 지역이 아니잖아요. 아무것도 없잖아요. 차라리 현실에서 UFO를 기다리는 게 낫지."

"계속 가려면 날 죽이시구려. 차라리 죽어 자유도시에 부활해 강철리그나 구경하는 게 낫지."

"옳소!"

참살이 붙잡히자 중구난방으로 외쳐 댔다.

겁에 질린 '개아들' 같다고나.

아무튼 개아들이든 사람 입은 틀어막을 수 없다. 불변의 진리.

그리고 이런 분위기…… 좋다!

"이것들이ㅡ!"

캐티가 눈을 부릅떴다. 찔끔하며 선원들이 물러났다.

그녀의 손에 힘이 들어가자 참살이 켁켁거렸다.

누가 '여자 조자룡' 아니랄까 봐. 은근히 장사야.

그때였다, 인형 같은 참극이 선원들 틈에서 소리없이 나타
난 것은.

…….

초창기 가상 게임의 NPC 같은 느낌이 들 정도로 정나미없
는 외모는 색없이 그저 아름답기만 하고, 무미건조한 눈빛은
모두 고개를 돌리기 충분하다. 그렇게 인간미가 거세된 인형
같기만 하다.

기이한 박력에 모두의 동작과 입이 정지했다.

이어 선원들은 선망과 기대의 눈빛을 보내며 그녀를 중심
으로 주르륵 물러났다.

참극이 무색무미한 푸른 눈으로 동생을 붙든 캐티를 지그
시 바라보았다.

분명 위협적으로 보이는데 부탁하는 듯한 의지가 담겨 있
음으로 보이는 것은 나만의 착각일까?

캐티는 참살의 멱살을 스르륵 풀었다.

"케켁……. 너, 너─! 빨간 도깨비! 서비스 지역에 가면 오
늘 일을 반드시 후회하게 만들겠어. 누나, 저 둘을 찢어 버
려─! 어서 배를 돌리자니까?!!"

그놈 참. 찌질하기는.

말이 길어지기 전에 손을 들어 모두의 시선을 당겼다.

"이 배를 돌리고 싶은가?"

…….

“그래. 이 자리를 탐냈지. 분수도 모르고 말이야.”

……

“돌리고 싶으면 돌려봐! 방향키는 바로 여기 있다고.”

심술궂게 나를 가리키며 말했다.

……

그렇게 참극의 등장으로 얼어붙은 공기를 다시 활활 태웠다.

함교 위에서 내려다보는 나와 올려다보는 참극을 중심으로 무거운 침묵이 내려앉았다.

무미건조한 푸른 눈엔 어떤 감정도 읽을 수 없다. 그 어떤 의지도 읽혀지지 않았다.

승부사의 눈이 있다면 바로 저런 눈이리라.

대기 중에 분포된 마나를 끌어모았다.

휘류류릉—

…이런……. 빨려오는 마나가 없었다. 현실과 같은 야박한 농도라.

0.03%라는 농도만큼 투명에 가까운 보랏빛이 손끝에서 아지랑이처럼 일렁였다.

모두 중독시키기 전에 맞아 죽기 그만인 그림이었다.

"누, 누나. 독 풀기 전에 어서 날려 버려—!!!"

참살이 외쳤다.

헤헤. 이거 좋지 않은데.

어디 한 번 미인 손에 갈가리 찢겨져 볼까?!

되도록 멋지게 쓰러지고 싶지만 믹서기 안에 단린 고기처럼 변할 테지?

허세 지오의 말로치곤 너무 초라하군.

죽어도 길동무는 데려가야지!

대기 중으로 뿌려질 핏속에 독이란 독을 마구 구겨 넣었다.

손가락 끝에서 보랏빛 진땀이 뚝뚝 떨어졌다.

치이익— 바닥에 떨어진 땀에 철판을 녹이며 보랏빛 수증기를 피워 올렸다.

우르르르. 선원들이 기겁하며 주르륵 물러났다.

"…인간이 아냐……."

선원 중 하나가 치를 떨며 중얼거렸다.

하나 참극의 눈에 한 치의 미동도 없다.

…젠장. 필살의 허세 연출이었건만…….

그렇게 온몸을 갈가리 찢을 무색, 무음의 칼바람을 기대하고 있는데.

참극의 파리한 작은 입술이 열렸다. 작지만 모두의 귀에 선명하게 들렸다.

“……선장님. 보물을 찾았어요.”

“……?”

귀를 의심했다. 목소리가 너무 고와서. 아차차.

“무마나 지역에 도착하니 반응하는 것이 있더군요.”

“…….”

그럴 리가?!!

“……그래요. 제가 찾았어요.”

…….

싸한 정적이 함교에 내려앉았다.

여하튼 등장부터 찬물 끼얹기 선수여.

가만……. 우잉? 보물을 찾았다고? 내 배에서?! 그것도 방금?!

야— 그거 내 거야?!! 무조건!!! 뱉 토—!!!

이런 주책없을 외침이 목구멍을 뚫고 튀어나오려 했다.

“누나?! 정말로 보물이 있었어?”

더 급한 참살이 경망스럽게 외쳤고 참극은 말없이 고개를 부드럽게 끄덕였다.

미려한 움직임만으로 경탄스럽다.

동생의 질문과 선원들의 기대에 찬 시선이 참극에게 몰렸다. 하나 그녀는 나를 빤히 쳐다볼 따름이다. 아씨. 우리 이제부터 친하게 지내봅시다.

그대는 바람을 다루는 풍술사. 나 역시 바람이라면 일가견이 있으니…… 우리 서로 맞바람 어떨는지? 에퉤퉤?! 이 방정.

물어보기 겁나게시리…… 너무도 맑고 투명하다.

절대 오염불가. 정직한 눈빛은 말하고 있다. …보물 따위는 없다고.

"……."

아놔— 기대한 내가 바보지.

하나 분명 그녀는 내 거짓말을 알고 있다. 그리고 그 거짓말을 지금 자신에게 전가하려 하고 있음이고.

마차에서 나에게 놀림까지 당했다.

이동 내내 내 주위를 있는 듯 없는 듯 맴돌았다.

스승의 명령에 충실한 것처럼 보였지만 딱히 스톰윈드를 존경하는 것 같지 않았다. 나의 일방적인 느낌과 추측이지만.

은근히 수수께끼 여성이 아닐 수 없다.

여하튼 지금 그녀는 내 짐을 대신 짊어지려 한다.

선원들 중 감히 누가 그녀에게 보물을 보여달라 하며 진위를 따지고 들까?

그랬다. 참극은 그 자체로 완벽한 도피처이자 은신처!

하나 왜?

역시 나의 나쁜 남자 이미지에 반한 거야……. 암. 예외가 있을 수 없지.

드디어 미쳤냐고?

…쓰읍. 그런가?

*　　　*　　　*

이후 삼 일이라는 짧다면 짧고 길다면 긴 시간이 흘렀다.

0.03% 미미한 농도의 무마나 지역이 이어졌다. 이 비율은 더 늘지도 줄지도 않고 있다.

> ……대기 중 마나 농도가 ㅁ.ㅁ3%입니다. 무마나 지역입니다. 그 어떤 동화율 보정도 허용되지 않습니다. 돌아가기를 권합니다.

그렇게 변함없이 매시간마다 공갈성 메시지가 귀를 울렸다.

우성웅성. 함교가 복잡하다.

지금 삼 일 전과 똑같은 그림이 함교에 벌어졌다.

선원들은 이제 나보고 참극이 발견한 보물을 자신들을 대표해 밝혀주기를 요청하고 있다. 참극의 동생 참살마저 냉담한 얼굴로 선원들 편에 가 서 있다.

남매 맞아?!

참 편하고 간사하기도 하지.

그러거나 말거나 나를 향한 참극은 비현실적인 아름다움을 뿌리며 특유의 무미건조한 눈으로 나를 바라보고 있다.

반하겠어. 반하겠다고. 그러니 그만 쳐다보시면…….

마주친 눈을 피했다.

여하튼 참극이 악역을 자처한 관계로 그 어느 때보다 선원들과 사이가 좋다.

마치 거악(巨惡)의 존재에 주눅 든 악당들의 연대랄까. 그런 거다.

참극의 거악신공! 정말 마법이 따로 없다.

상념을 털었다. 참극 덕에 당당하게 선원들을 놀려먹을 기회를 잡았으니 기회를 발휘해야지. 배에 힘을 주었다.

"여러분— 왜 무마나 지역이라면 이 0.03%의 의미는 과연 뭘까요?"

…….

뜬금없는 질문에 선원들의 눈이 뚱해졌다. 서로를 마주보며 '너 아냐?!' 식으로 서로의 눈치를 살폈다.

짜식들. 그러니 너희들이 내 밥이라니까?!

"0.03%…… 0.03! 우주에서 밝혀지지 않은 미지의 성분이 차지하고 있는 비율이라고 권 모라는 망상 쩌는 작가가 주장했습니다."

오오— 하며 선원들이 그제야 들어본 적 있다며 고개를 끄덕였다.

쯧쯧, 대기 중 이산화탄소 농도가 0.035%다.

왠지 들어는 본 것 같고 상식으로 알고는 있어야 한다는 반응들을 보이며 서로의 눈치를 살폈다.

줏대 없는 것들!

짜식들. 그러니 너희들이 내 밥이라니까?!!

짜잔— 구라신공 작렬!!!

"바로 이 미지의 성분이 인간의 정신 에너지에 반응해 좋은 쪽으로든 나쁜 쪽으로든 결과를 만들어낸다 이겁니다."

오오—!

더욱 수긍하는 분위기라.

"더욱 확장해 현실에서 이 0.03%의 성분이 인간의 정신 에너지에 반응해 우리 문명의 흥망성쇠와 인류공동체의 길흉화목을 결정한다는 거죠."

……

캐티가 두 손을 모으며 교주를 숭배하는 광신도처럼 눈빛을 순진무구하게 초롱초롱 빛냈다.

거짓말이 왜 통할까?

상대가 믿고 안 믿고의 문제가 아니라 그런 일이 일어나는 것을 보고 싶은 열망이 마음 깊숙한 곳에 오래전부터 자리 잡고 있어서 아닐까?

그렇게 함교의 선원 대부분이 내 이야기에 완전 몰입한 분위기라.

이제 구라의 절정!

증거신공 발동!!

"쉽게 과거 역사의 한 예를 들어봅시다. 빌 게이츠, 스티브 잡스, 구글의 창업자 에릭 슈미트라는, IT 혁명기에 풍운아 삼인방이 있었습니다. 이들이 동갑이라는 건 잘 알려지지 않은 사실입니다. 하나 바로 이들이 IT 업계의 0.03%이면서 동시에 99.97%라 할 수 있는 혁신과 업적을 이루어낸 장본인들입니다."

…….

"바로 이 우주에 흩어진 0.03% 미지의 성분을 99.97%의 성공이라는 에너지로 전환시킨 마법사들입니다. 그렇습니다. 여러분들이 잘 알다시피 그들은 1조 달러의 주인공이 되었습니다."

오옷―!!!

믿거나 말거나 식의 구라에 분위기 열광적이다.

"바로 이 0.03%에 성공의 비밀이 숨어 있습니다! 만약 가상에서 이 0.03의 신비가 적용된다면 바로 이곳, 아니, 우리가 가고 있는 곳에 있지 않을까요?"

…….

다들 눈을 크게 떴다.

이제야 뭔가 보인다는 눈빛들이다.

이것은 욕망이다. 1조 달러에 대한 벌거벗은…….

그렇다. 오직 욕망만이 미지에 대한 불안에서 벗어나게 하는 영약이라.

"지금 우리는 그 보물의 단서를 요구하고 있습니다. 보물?
그 보물은 0.03% 지역에 들어서자 그 존재를 여기 참극의 눈
앞에 드러냈습니다. 짐작컨대 보물은 우리를 99.97% 성공으
로 이끌 열쇠가 아닐까요?"

······.

모두 참극을 바라보았다.

순간 부르르 손끝을 떠는 참극이었다.

지금이야말로 특유의 무감동한 얼굴은 최고의 무기가 아
닐 수 없다.

"이 보물은 이 지루한 여정의 끝에 우리 앞에 그 모습을 당
당하게 드러낼 것입니다. 그렇지 않습니까, 참극님?"

······.

참극이 무려 3초라는 시간을 들여 고개를 끄덕였다.

속으로 지금 울고 싶을지도 모르겠다.

"그러니 우리 참고 여정의 끝까지 가봅시다."

오오오오오오─!!!

"그 끝에 분명 우리 삶을 완전하게 뒤바꿀 무언가가 기다
리고 있을 테니. 궈궈!"

예에에에에에─!!!

궈궈─ 궈! 궈!! 궈!!!

선원들이 한 팔을 들어 환성을 질렀다.

크으…… 구라 돋네!

인공지능까지 감복하고 있어.

이렇게 구라를 잘 쳐도 되는 거야?!

나라는 존재에 깊은 경외를 느꼈다.

한데.

"그 여정의 끝이 과연 어디까지죠?"

불만으로 입술이 툭 튀어나온 참살이었다.

"보물을 보기 위해 언제까지 가야 한단 말입니까?"

……

진즉에 배 밖으로 던져 버려야 했어. 사사건건 초를 치네.

이건 또 다른 위기!

나는 억지 미소를 지으며 함교 밖으로 고개를 들었다.

여정의 끝을 내가 어떻게 가늠한단 말인가. 이 여정 자체가 구라인걸.

……

……!

애써 이 의문을 풀어줄 필요가 없었다.

이런 우연이 있을 수 있단 말인가.

모두가 함교를 등지고 있어 내가 제일 먼저 볼 수밖에 없었다.

이 모든 소동을 잠재울 그런 그림이 펼쳐지고 있었으니…….

나는 말없이 손가락으로 함교 밖을 가리켰다.

그 손가락을 따라 고개를 돌린 선원들의 동작이 사진처럼 굳었다.

눈앞의 위기를 해결하니 눈 밖의 위기라.

機甲戰記
Massacre
기갑전기 매서커

자기가 퍼뜨린 조그마한 거짓말이 구르고 굴러 눈사태가
되어 덮쳐 오는 걸 보곤 '이건 거짓말이야!' 라 한다지.

"…이건 거짓말이야……."

딱 그런 경우다.

배가 출항(?)한 지 무려 보름하고도 삼 일이 지났다.

선원들의 보물에 대한 의심은 최고조에 달해 기어이 선상
반란 직전까지 몰리려 해서 방금 전까지 열변(?)을 토해야 했
다.

그간 사소한 의심 등은 일등 항해사로 임명된 캐티에게 퍼
부어졌고 빈번하게 주먹다짐이 오고갔다.

아. 당연히 주먹을 먼저 날린 건 캐티다. 선빵 무적이라나.

여하튼 돌아가기엔 너무 많은 길을 온 상태.

무한 욕망을 부추겨도 무료한 여정의 끝을 자신있게 말할 수 없었다.

선원들은 '무료한 지옥' 이라고, 지금까지의 여정을 그렇게 부르고 있을 정도다.

게다 하루가 지날 때마다 동화율 보정 계수가 급속도로 줄어들었다. 마찬가지로 대기 중 마나 농도도 급속도로 줄어들었다.

불안이 점점 더 커질 밖에.

숲 끝자락 넘어 연갈색 메마른 황무지가 펼쳐지고 있다. 지루한 숲이 끝나서 선원들의 몸이 굳은 게 아니다.

망망대해에서 육지를 발견한 설렘을 품을 수 없다.

흑적색의 거대한 구조물이 버티고 있었기에.

그 구조물은 대지에 붙어 움직이고 있다.

구구구구구— 고요한 울림이 발을 타고 올라왔다.

그랬다. 열세 기의 거대한 기함급 육상전함이 떡 하니 마중 나와 있었다.

그 뒤로 규모가 작은 육상전함이 지그재그 식으로 포진해 다가오고 있다.

개조로 덩치가 배나 길어진 이 배와 눈앞의 기함급 육상전함에 비하면 아이와 어른 덩치 차이!

저 거무튀튀한 무도색의 거함은 그 자체로 움직이는 요새
라.

과연 저 덩치가 움직일 수 있을까 싶지만 황무지를 따라 두
줄기의 거대한 도랑의 흔적은 먼 거리에서조차 관측될 정도
로 선명하게 깊었다.

그그그그그그그그그그그그궁―!!!

대지의 울림이 예사롭지 않다.

그르르룽― 그르르르룽―!

엔진음이 전하는 대기의 울림도 묵직하다.

단선으로 전개한 것이 어떤 방향이든지 더 이상의 진격을
용납하지 않겠다는 의지가 담겨 있다.

문제는 이게 아니다. 당연히 맞닥뜨릴 그런 장면이니.

"저것은……."

기함의 도열 뒤로 천신의 칼자루처럼 하늘에서 땅을 향해
내려꽂힌 형상의 거대한 구조물에 있었다.

이게 다가 아니다. 층층이 케이크형 장벽으로 둘러쳐진 집
합 건축물 정중앙에 있다는 것이다.

자유도시를 10분의 1로 규모를 줄인 형상이지만 어지간한
대도시에 필적했다.

그렇게 거대한 층층의 제단 위에 길쭉한 검이 박혀 있는 그
림이라.

거검 형상의 구조물……. 모습에서 차이가 있지만 저런 구

조물을 기계용의 던전에서 이미 경험했다.

단지 이번은 지상에 당당히 그 모습을 드러낸 것일 뿐이겠지만.

하나 진회색으로 살짝 기울어진 기둥은 항변하고 있다. 지금 제 기능을 발휘하지 않고 있다고.

저 제단 형상의 도시를 만들다 멈춘 원인과 연관 있으리라.

또는 이 광활한 갈색의 불모지대를 만든 대가를 지금 치르고 있다고 말하는 듯했다.

나의 우려완 반대로 선원들은 눈앞의 거대한 위협보다는 그 뒤에 비상식적인 거대한 구조물에 열광했다.

"보물섬이다—!"

선원 중 누군가 외쳤다.

"그래— 드디어 도착했어."

보물은 없다더니 그새 스스로 만든 스토리에 끼워 맞추었다.

무료함 속에 자극이니 뭔들…….

그렇게 보겠다는데 굳이 부인할 필요 없다.

따지며 바짝 독이 오른 참살도 넋이 나간 얼굴로 밖의 경이로운 구조물을 눈에 담고 있다.

"…이럴 리가 없어. 아무것도 없어야 해! 잔해조차도 없다 했는데……. 그들이 속인 거야?! 그들마저……."

알 수 없는 혼잣말을 뇌까렸다.

반면 참극은 고개를 끄덕이며 이 그림을 수긍했다.

묘한 남매가 아닐 수 없다.

여하튼 다들 다가오는 순양함급 육상전함 전대의 위협을 보고 있지 않는다는 것이었다.

저 멀리 손짓하는 장엄한 구조물의 위용에 혼이 빠져 있음이라.

굳이 급을 따지자면 우리의 육상전함은 구축함 정도 크기랄까.

이 일을 어쩌나 하는데…….

꽈르르룽—!!!

포문이 불을 뿜었다. 단선에서, 제일 중앙에서 크게 돌출한 고블린 육상순양함이었다.

씨이이이이이이이이잉— 꽈룽!!!

포탄은 오렌지 빛 궤적을 그리며 숲 어귀 자락 끝에 떨어졌다.

쿠르르르르릉. 대지가 뒤집어지며 굵은 흙먼지가 파도가 되어 함교를 덮쳤다. 진동에 선체가 흔들렸다.

위력도 위력이지만 덩치가 기본 육상전함에 무려 다섯 배에 달했다.

사거리를 측정하는 관측 사격이라는 느낌이 들었다.

이게 다가 아니었다.

꽈룽— 꽈룽— 꽈르르룽—!!!

연이은 발사음이 대기를 뒤흔들며 모든 소리를 집어삼켰다.

무려 6연발!

전면 6개의 포문에서 연속으로 36개의 마력탄을 차곡차곡 토해낸 것이었다.

숲 어귀를 중심으로 땅이 뒤집어지고 자욱한 갈색 흙먼지가 작은 버섯구름이 되어 몽실몽실 피어올랐다.

오렌지색 굵은 궤적은 붉은 빛의 입자로 화해 대지 위로 빛의 비를 뿌렸다.

재래병기인 다연장로켓이 대지를 강타한 그림과 다를 바 없다.

전방 1백 미터 앞에서 벌어진 일이었다.

한 발이라도 맞으면 그 즉시 콩가루가 될 터.

등골을 타고 식은땀이 흘렀다.

자욱한 흙먼지에 앞을 볼 수 없을 지경이라.

"헉—!"

"…으윽! 이건 아니라고……."

"저럴 수가! 집단 마법도 저런 위력을 보일 수 없어."

"너무하잖아— 여긴 판타지 공간이라고—!"

선원들이 그제야 절규에 가까운 아우성을 질러댔다.

서비스 외 지역……. 현실에 가까운 환경에 최적화된 공격이었다.

여하튼 고블린이 어떤 종족이던가.

저렇게 친절하게 다가오지 말라는 신호를 보낼 종족이 아니다.

전력을 보더라도 압도적이잖은가.

아니나 다를까. 거대한 육상전함이 속력을 높여 다가오는 게 아닌가.

그랬다. 거리를 파악했음이라.

1백 미터 거리만 줄이면 완벽하게 사정권 안에 드는 것이었다.

36발 중 한 발만 맞아도 콩가루 신세가 되리라.

"선장님?! 지시를?"

"……어떻게?"

다급한 선원들의 독촉이 빗발쳤다. 보물섬에 대한 탐심은 그 어디에도 없다.

나나 그들이나 여기서 죽으면 무려 1개월을 걸어야 된다.

살고 보자는 생존 본능이 따갑게 느껴졌다.

허세가 발동했다.

"무하핫. 고블린 따위에 쫄다니?! 실력을 보여줘야겠어. 눈앞에 보물섬이 있는데 놓칠 수 없지 않은가."

식겁하는 선원들이었다.

"그, 그런?! 어서 배를 돌려 퇴각을! 이 배 속력이면 뿌리칠 수 있습니다."

말이 끝나기 전에 단호하게 외쳤다.

"무슨 소리. 후퇴란 없다. 적을 맞이한다."

"에에?!! 다른 유저들의 합류를 기다리는 것이 아닌가요? 우린 임무를 다했습니다. 중과부적이라고요—"

"무슨 소리! 어떻게 저걸 보고 발을 돌릴 수 있단 말인가?! 저 도시와 도시에 붙은 대규모 유적을 보라— E&T가 유저들을 속인 명백한 증거다."

……

누구나 느낄 수 있다, 그 무엇을 숨기고 있음을.

그것을 떠나 서비스 외 지역에 저런 대규모의 구조물이 있음은 그 자체로 빅 이벤트다.

"그렇다. 도시를 차지하고 뒤따르는 유저들로부터 우리가 차지한 유적 입구를 지키는 거다. 이 고생을 했는데 그만한 대가도 없이 등을 돌릴 수 없어."

……

이런. 전혀 납득하는 얼굴들이 아니다.

"보물을 그렇게 바라지 않았는가? 보물이 저기 있다니까. 그리고 똥포 따위에 이 배가 맞을 리 없다."

"히익?"

모두 황당한 눈으로 나를 바라보았다.

"내가 말했지? 이 배는 내가 부여한 개조를 전부 받아들였다고. 여러분들이 박아 넣은 마나석이 몇 천 개인데 저 따위 고철 덩어리에 등을 돌리다니. 절대 있을 수 없다."

"……으."

선원들의 얼굴색이 해쓱하게 변했다.

그렇게 거함 거포 전단에 맞서려 함이 절대 농이 아님을 확실하게 전달했다.

"미쳤어……. 선장은 미쳤다고?!!"

선원들은 절규를 쥐어짰다.

짜식들. 사이즈에 쫄아 가지고는.

자신들이 그동안 이 배에 어떤 노력을 기울였는지 모르는군.

그들은 내도록 이 배를 샅샅이 뒤졌지만 보물 비슷한 걸 본 적이 없다. 이동하며 나와 여기사의 닦달에 시달리며 배의 리모델링(?) 마무리에 내몰렸다.

그 불만이 주먹이 되어 입안에서 튀어나올 지경이어 놓고는.

목소리에 근거있는 자신감을 담아 선원들에게 명령했다.

"전투 배치!"

""" "총원 전투배치─!" """

자동적으로 복창이 튀어나오며 선원들이 각자 위치로 흩어졌다.

그동안 들들 볶은 성과라. 캐티, 수고했어!

"기관 미속 정지—! 함미 좌현으로 90도 전개!!"

"기관 정지. 전개—!"

처걱처척— 어른 팔뚝만 한 레버가 올려지고 내려졌다.

선원들은 흘린 눈으로 자신들이 부여받은 임무를 기계처럼 해치웠다.

하루에 두세 번 반복 연습한 기동이었다.

근육 전사도 냉철한 마법사도 이순간은 단 한 사람의 선원이 되어 며칠 동안 반복 숙달된 동작을 해냈다. 이래서 훈련이 무섭다.

후우웅우우웅— 각자 맡은 각 기관에 자신의 마력과 진력을 부여해 기관들을 활성화시켰다.

"정지와 동시에 모든 마력을 각 포탑에 돌린다!"

"""마력 집중—"""

함 내 통신관을 통해 기계적인 화답이 이어졌다.

"1번, 2번 전방포탑, 전방 우로 90도 회전—! 4번, 3번 후방포탑, 좌로 90도 회전!!"

"""포탑 회전 전개!"""

그그그그─ 극─ 끼리리리릭─ 위이이이잉─ 척.

육상전함은 측면을 고스란히 드러내며 갑판에 설치된 4개 포탑을 적에게 겨누었다.

회전축으로 파손된 강철거인의 허리축을 심어놓았다.

여기까지는 선원들이 도움이 필요한 단계……. 이제부터 섬세한(?) 조율은 나의 몫!

함교 선장자리 옆 강철거인의 조종석을 개조한 포탑좌로 옮겨 앉았다

"저 따위 고철. 이것이 진정한 포격!"

고블린 거대전함으로 시선을 고정했다.

내 눈이 관측기이자 가늠자.

재래식 전함의 포탑이 연상되는 포탑엔 각 두 개의 포신이 굵직한 전봇대처럼 걸려 있다. 그리고 섬세하게 30도 각도로 기립했다.

1번 포탑과 2번 포탑은 돌출한 고블린 전함을 겨누었고. 4번, 3번 포탑으론 전방 좌측 끝 고블린 전함을 겨냥했다.

선원들의 숨죽인 채 다음 행동을 지켜보고 있었다.

"으으. 곧 사정권에 드는데 이런 병정놀이 말고 바로 배를 돌려야 한다고─!"

뒤늦게 참살이 선원들을 선동했다.

무시했다. 늘 무시하듯이.

"이건 미친 짓이야─ 죽으면 끝이라고─! 야이─ 미친 선

장아ㅡ!"

발악했다.

하나 선원들은 이미 회피기동하기엔 늦었음을 알기에 눈을 감았다.

더러는 조용히 기도를 올리기도.

이곳이 노움과 고블린이 만든 마력과 과학의 땅이라면 그 방식대로 대응하면 되는 거 아닌가.

내가 언제 동화율 보정 계수 따위에 의지했던가.

"야이ㅡ 미친놈아. 다 죽일 셈이야! 장난치지 말고 배를 돌리라니까?!!"

재차 참살이 성마르게 외쳤다.

그러거나 말거나 썩소를 날리며 넘치는 마력을 튕겼다.

웃기는 소리ㅡ!!!

고통은 친구……. 동화율을 끌어올려 컨트롤 석과 연결된 마나엔진을 풀로 돌렸다. 이어 마나 펌프로 폭증한 마력을 쭈욱— 밀어냈다.

이 넘치는 에너지가 1번 포탑 끝을 차고 나왔다.

꽈릉—!!!

1번 포탑 두 개의 포신에서 굉음과 동시에 남보랏빛 파장이 팽창하며 대기를 뒤흔들며 함교를 덮쳤다.

이크크. 진동이 예사롭지 않다.

발사된 마력탄에 정신을 집중해 유도를 이어 나갔다.

실보다도 가는 연결이다.

'인연의 실' 응용이었다.

두 개의 남보라빛 포물선 궤적이 연갈색 대지를 위를 가로질러 돌출한 고블린 순양함을 넘을 수밖에 없다.

완만한 포물선을 가르던 보랏빛 탄두가 수면을 덮치는 군함조처럼 수직으로 내려꽂혔다.

슈르르르르르르르릉— 꽈광—!!!

하늘과 땅이 뒤집히는 굉음이 고블린 순양함 함교에서 발생했다.

너무도 정확하게 함교에 압축된 마력이 터진 것이다.

절대 우연이 아니다.

충격 순간까지 마력은 나와 연결되어 있었다.

그렇다. 사이즈가 안 되면 정밀하기라도 해야지.

……

폭발과 동시에 마력탄과의 연결이 끊어졌다.

골이 흔들리는 충격이 고스란히 전해져 왔다. 여파가 깊다.

웅— 하는 이명이 귀속을 후벼팠다.

그렇게 골이 띵해지는 현기증이 몰려 왔지만 허세 작렬!

"후훗—"

자신만만한, 당연한 그림이라는 듯한 특유의 재수없는 미소를 지었다.

이 그림에 선원들 누구 할 것 없이 아연해했다.

"…아……."

"저게 가능해?"

의심하기에는 이미 거대한 전함이 불에 타고 있었다.

방금 이 배의 운명이라고 여기던 그림이 적에게 일어났음을 보면서도 믿기 어려워했다.

그것이 시작이었다.

포격에 집중했다.

꽈광— 꽈릉—!!! 슈르르르르르르르르릉— 꽈광—!!!

메마른 갈색 황무지 위를 보랏빛 궤적이 수놓았고, 충격음과 동시에 거함에서 화광이 충천했다.

그렇게 네 개의 길쭉한 회전 포탑 끝에 마력이 맺힐 때마다 고블린 순양함은 차례차례 침묵에 들어갔다.

"이건…… 마력 유도. 어떻게 저 거리까지 닿을 수 있단 말인가."

참살이 뻥진 얼굴로 불타 오르는 고블린 순양함들을 바라보았다. 눈이 풀렸다.

그도 이 회전 포탑의 메카니즘을 알고 있다.

알아도 흉내 낼 수 없다. 절대 내가 아니기에.

이 메카니즘을 강철거인의 기관들이 보조하고 있었으니 이 역시 그런 마나 기관에 대한 상식이 깔려야 가능한 운영인 것이다.

그렇다. 기름밥엔 영양가가 충만함이라!

나는 일단이라는 아크 메이지의 마력을 돌리고 있다.

소위 깨달음이 없는 마력이기에 마법 발현에는 한계가 있다.

살상 마법을 겨룬다면 참살보다 한 수 아래일지 모른다. 인정하기 싫지만.

하나 지금의 그림은 마법의 겨룸이 아니다. 그저 무식하게 마력만 쭉쭉 뽑아 쓰는 식이라면 이야기가 다르다.

단지 유도 과정에 심혈을 기울여야 하는 점이 고통스러울 따름이다.

포신에 적보랏빛 화염이 토해질 때마다 연보라빛 궤적이
포물선을 그리며 고블린 전함에 떨어져 붉은 화염과 폭음을
토해냈다.

내가 말했지?
이 배에 보물이 실려 있다고.
그래. 내가 바로 그 보물이다.

꽈릉— 꽈르릉—!!!

Act 11
포이즌 빅토리

機甲戰記
Massacre
기갑전기 매서커

꽈릉— 꽈릉—! 우르르릉!!!

폭음에 대지가 뒤집어지고 파열음에 대기가 요동쳤다.

차례로 자매 순양함이 침묵에 들자 당황한 것은 고블린 진영이었다.

우연이 아닌 것을 알아챘을 때는 이미 13기의 순양함 중 3분의 1이나 침묵한 상태였다.

그제야 허겁지겁 마구잡이로 특유의 육연포로 포격을 가해왔지만 전방 15미터 앞에서 흙먼지를 피워 올릴 뿐이었다.

나름 효과가 있었다.

자욱한 흙먼지로 인한 연막 효과로 적을 찾을 수 없게 되었다.

그렇다면…….

"쾌속 전진─"

"""쾌속전진!"""

선원들의 복창과 움직임이 전혀 달랐다.

건성이 아닌 절대적인 믿음과 신뢰가 배어 있다.

그렇다. 선원들의 절대적인 협조로 먼지로 가득한 전장에서 벗어났다.

시야를 확보하자마자 포탑을 회전. 일제히 포를 발사했다.

마치 축포처럼 여덟 줄기 남보랏빛 궤적이 두 기의 고블린 순양함에 직격했다.

현기증이 핑 돌았지만 간만에 찾아온 고통이 그저 반가울 뿐이었다.

적들의 침묵……. 바로 이 맛이야!라는.

한데 긴장을 놓을 수 없었다. 고블린들의 대응이 달라졌다.

순양함 뒤에 지그재그로 도열한 육상전함들이 빠르게 치고 나왔다.

바로 캠프를 도모했던 그 육상전함들이었다.

동시에 적 순양함은 후진을 시작했다.

구축함을 방패로 순양함을 보존하려는 의도였다.

정신을 집중해야 했다. 순양함보다 작은 표적에 빠르고 게다 결정적으로 함교가 없기에.

빌어먹을! 맞아도 움직였다.

이것은 난사였다.

대기는 보라색 궤적으로 그 빛을 잃었다.

그렇게 단 두 방의 정밀한 타격에 침묵한 순양함이라면 이 구축함들은 무려 두세 배의 포격을 맞아서야 기동을 멈추었다.

이게 다가 아니었다.

정지한 구축함에서 후문 도크가 열리며 고블린 강철거인 부대가 쏟아져 나왔다.

더불어 침묵한 순양함에서도 고블린 강철거인 대부대가 개미 떼처럼 튀어나오기 시작한 것이었다.

막대기로 휘저은 개미굴 입구처럼.

……!

그 수는 무려 수백 기에 육박했다.

이제부터 측면 포탑을 가동할 때였다.

화염 방사구 포좌를 18세기 전열함의 복층 포좌로 개조했다. 남아도는 게 마력포였기에.

"거기. 참극."

특유의 무표정으로 무장한 참극이 함교 위의 나를 올려다보았다.

왠지 기다렸다는 느낌과 함께 눈빛에 기이한 열기가 짙다.

"참극이 특기라며?"

"……"

그녀는 말없이 고개를 끄덕였다.

"측면 포탑을 맡기지. 어때, 할 텐가?"

"……"

그녀는 말없이 내가 가리킨 반대편에 자리한 포좌에 앉았다.

"…제시카야. 참극이 아니고."

부드러운 바람과 함께 살짝 실려온 소리였다.

"호오— 좋아. 참극을 연출하면…… 제시카로 불러주지."

참극보다 청비보다 훨씬 낫군.

"…좋도록……"

역시 바람에 실려온 모기 날개 같은 소리였다. 부끄러움 타기는.

더 이상 대화는 이어질 수 없었다.

특유의 산화된 외장갑으로 붉은 개미가 연상되는 고블린 강철거인들이 떼로 몰려들어서다.

우르르르르르— 구르르르르르릉!

처컥. 처컥.

선원들은 긴장한 표정이 역력했다. 한기라도 돌파를 허용하면 함 내는 난장판으로 변할 수 있기에.

어설퍼도 할 건 다 하는 강철거인 아닌가.

푸학— 투학—!

참극이 측면 포좌의 포에 마력을 부여했다.

왠지 김이 빠지는 소리와 위력이라.

익숙지 않은 감각이 손바닥을 타고 빠져나가서인지 컨트롤 구에서 손을 댔다 앗 뜨거 하며 뗐다. 그렇게 컨트롤 구에 손을 올려놓기를 반복했다.

선체 측면에 설치된 32개의 포신에선 김빠진 발사와 침묵을 교차해 고블린 강철부대에 어떠한 위협도 가하지 못했다.

그러는 동안 고블린 강철거인 부대와 거리는 차곡차곡 좁혀지고 있었다.

"……"

하나 참극은 곧 고개를 끄덕였다.

다시금 컨트롤 구에 마력을 부여하기 시작하자…… 놀라운 그림이 펼쳐졌다.

꽈— 꽈— 꽈— 꽈— 광—!!!

……이것은?

포격에 규칙이 있다. 규칙? 규칙이라기보다 장단고저가 담겨 있다.

착각이 아니었다.

그랬다. 그녀의 포격음은 마치 피아노를 연주하는 식이었다.

그러려고 배치한 건 아닌데…… 측면포는 하단 19좌, 상단 13좌로 피아노 건반 배열 식으로 배치되어 있었다.

참극은 이를 자신에 맞게 응용하고 있음이라.

연주(?)는 점점 더 격렬하게 변했다.

콰콰콰콰콰― 쾅―!

슈슈슈슈슈슈슈슈웅!!!

고블린 강철부대가 그녀의 리드미컬한 포격에 산산이 부서져 나가기 시작했다.

마력탄의 색은 투명에 가까운 검푸른 색!

사거리는 짧아도 위력은 충분했으니 고블린 강철부대에 참극이 발생했다.

고블린 강철부대의 강철거인들이 검푸른 마력탄에 산산조각 터져 나가며 꺼꾸러졌다.

놀라운 관통력이 아닐 수 없었다.

괜히 참극이라 불리우는 게 아니었다.

인형 같은 얼굴에 가는 미소가 어렸다.

……아씨. 반하겠잖아.

*　　　*　　　*

고블린 강철거인들은 꾸역꾸역 밀려왔다.

"기동대를 이끌고 붉은 개미 소탕을―"

"충이지 말입니다."

척 하며 캐티가 다리 뒤꿈치를 붙이며 경례를 하고 돌아섰다.

포좌의 참극을 얄밉게 살짝 노려보곤 자신의 강철부대를 지휘하러 도크로 내려갔다.

붉은 단발머리가 도깨비 뿔 형상으로 말려 올라가 있다.

흥분했어.

지금 상황이 좋지 않다.

고블린 강철부대는 후퇴를 몰랐다. 소진된 그 이상으로 꾸역꾸역 강철거인들을 투입하고 토해냈다.

자신들이 가진 가장 유리한 방책임을 아는 듯했다.

그리고 지금. 측면 포격의 사각지대를 발견해 이용하고 있다.

낮은 포복전진이었다!

그로 인해 포의 사각지대를 넘어선 강철거인이 다수였다.

땅에 눌러붙는 식으로 접근하는 고블린 강철부대에 맞설 요격이 필요했다.

캐티는 나름 그녀의 추종자들을 끌어모아 그녀만의 부대를 꾸린 상태다.

개구쟁이 선머슴 같은 박력에 넘어간 남성 유저들이 한둘이 아니다.

여하튼 곧 해치가 열리며 36기의 강철거인이 함 내에서 뛰어나갔다.

쿵쿵쿵쿵쿵─!!!

곧 포 사각 지대에 침투한 고블린 강철부대를 상대로 단병
접전에 들어갔다.

캐티가 날뛰었다. 과연 누구 제자답게.

먼 거리에서 호시탐탐 약점을 노리고 있는 순양함에, 어지
럽게 침투하는 구축함에, 대지를 뒤덮은 붉은 강철거인 무리
까지…….

적들은 인해전술을 걸어오고 있었다.

그렇게 숨 돌릴 틈 없이 들이닥쳤다.

포를 난사했다.

피로와 동시에 현기증이 급속도로 몰려왔다.

머릿속 산소가 모두 증발된 느낌이랄. 핏속 산소를 모두 쥐
어짠 듯싶다.

쉬고 싶은 유혹이 마음속 가득 들어차고 있었다.

역시 빌어먹을 E&T였다.

서비스 지역 외 전투답게 피로가 극심했다.

하지만 전투는 한창이라는 것.

고블린들도 꽤 필사적이라는 느낌이 들었다.

어떻게 저런 용감한 인공지능을 프로그래밍 할 수 있는지
궁금할 지경이다.

젠장할. 여하튼 서비스 외 지역이라 꼼수가 통하지 않는 건
가?

아직 알 수 없다.

무슨 말이냐고?

…두고 봐라.

헤헤. 허세로 의연한 척했지만 한계에 다다랐다.

마음속에 가득 찬 피로가 포기하라고 당차게 유혹했다.

보라고? 적들의 전력은 전혀 줄지 않았다고?!!

그랬다. 저 멀리 보이는 도시에서 갖가지 규모와 형태의 육상전함이 쏟아져 나오고 있다.

그렇게 적들도 필사적이었다.

"……."

누가 보고 있다는 느낌에 반대편 포좌에 자리한 참극을 바라보았다.

표정이 백납같이 창백하고 입술은 파리하다.

웅? 미안?

그렇게 뭐라고 나에게 말하려 하다…… 털썩.

……!

기어이 진이 빠져 모로 쓰러져 버렸다.

무려 30분!

그녀는 최선을 다했음이라.

갈색 대지는 강철거인의 잔해로 검붉게 변해 있다.

제시카로 불러야 되나?

지금 이 상태라면…… 만날 기회가 있으려나.

한계치를 넘어섰다.

선원들의 표정이 비장하다.

다들 약속이라도 한 듯 고개를 끄덕여 주었다. 더러는 피식 실없이 웃으며 엄지를 치켜세워 주기도.

원망과 불만을 퍼부을 줄 알았는데 의외였다.

그러면 이들을 위해 마지막 마력을 쥐어짜기로.

특유의 재수없는 미소를 선원들에게 날렸다.

그러자 선원들 역시 한쪽 입꼬리가 꼬이는 미소를 지어 보였다.

……내 미소가 재수없긴 없어 보였다.

크게 웃었다.

"하하핫—"

와하하하하—!!!

함교가 웃음으로 가득 찼다.

"하아압—!!!"

기합을 부러 넣으며 마지막 마력을 하늘 위로 일제히 발사했다.

목표는 없다.

그렇게 마지막 마력을 쥐어짰다.

꽈르르르르르릉—!!!

꽈광—!!!

포신 끝이 일제히 바나나 껍질 깐 형상으로 변했다.

지상에서 단병접전을 치르고 있는 기동대의 분전은 놀라웠다.

그들 덕에 나 역시 지금까지 힘을 낼 수 있었다.

처음부터 요령을 발한 도전이었나?

고블린 강철부대가 배를 포위하는 게 눈에 들어왔다.

무려 3백여 기나 남아 있었다.

마지막으로 선원들에게 나의 구라를 고백하는 일만 남은 것인가?

"…여러분……."

…….

선원들도 마지막을 직감했는지 눈을 감았다.

더러는 나에게 경례를 붙이기도.

아씨. 괜히 미안해지잖아.

아무래도 솔직히 고백해야 할 것 같다. 전부 구라였다고.

막 입을 떼려는 순간이었다.

쿵. 쿠쿵─ 우더텅.

조여오던 고블린 강철부대가 일제히 쓰러지기 시작한 것은.

비틀비틀거리다 차례차례 쓰러지는 게 아닌가.

이것은?

…독이 이제야 먹혀들었음이라.

그랬다. 내가 발한 마력탄엔 독이 첨가되어 있다.

이는 포이즌 메이지이기에 일부러 하기 싫어도 그렇게 되게 되어 있다.

효과가 너무 늦게 나타나서 서운할 뿐이다.

전장이 갑자기 고요하다. 거짓말처럼.

어느샌가 푸른 대기는 투명에 가까운 연보라로 변해 있다.

무수한 죽음이 숫자로 변해 상태창을 주르륵 밀어 올렸다.

……

선원들이 모두 나를 쳐다보았다. 다들 영문을 모르겠다는 얼굴들이다.

……허세 강림!

나는 허리를 꼿꼿하게 세웠다.

언제 미안한 표정을 지었냐는 듯 오만하게 얼굴색도 바꾸었다.

그리고 살짝 V자를 만들었다.

"빅토리!!!"

……

한참 후에야 선원들이 서로를 끌어안으며 함성을 일제히 질렀다.

우와아아아아아아아아ㅡ!!!

OF TEN DIVINE NAMES
Act 12
참혹의 마도사

機甲戰記
Massacre
기갑전기 매서커

쓰러진 참극을 양팔로 안아 들어 선장 자리에 앉혔다.

그녀는 터져 나오는 울음을 억지로 삼키고 있었다.

동생 참살의 마력까지 강제로 가져다 측면 함포를 운용하는 데 썼다.

그때의 서릿발 같은 단호함이란…… 얼음 폭풍 그 자체였다.

지금 '찌질 툴툴이' 참살의 모습이 보이지 않는 이유다.

그그그그그그그그그궁— 크쿵!!!

엔진이 긴 여운을 울리며 정지했다.

그녀의 상체가 앞뒤로 크게 요동쳤다.

"으음……."

안 그래도 창백한 얼굴이 투명하다 못해 파리하다.

눈을 감은 얼굴이… 묘하게 요염하다.

아차차. 그녀는 마력 고갈로 강제 로그아웃 직전 상태……. 돌아오려면 어떤 제약이 따를지 알 수 없다.

"사양 마시라."

등에 손을 가져다대고 마력을 주입했다.

"……으읏."

가는 속눈썹이 파르르 떨리는 것이 정신이 돌아오는 것 같았다.

나를 확인하는가 싶더니 고개를 돌렸다.

내 마력을 받아들이든지 말든지는 그녀의 선택이지.

그녀가 무미건조한 어투로 입을 열었다.

"……어떻게?"

선원들이 지르는 함성 소리가 믿기지 않는가 보다.

"본의 아니게 마력탄에 독을 부여했지. 그대의 바람 속성 덕에 땅에 가라앉는 데 애 먹었는데 보시다시피… 워낙 내 독이 독해야지."

"……."

수긍하는 듯 고개를 끄덕였다.

"한데 지금은 그대 덕을 열심히 보고 있는 중이지."

"……?"

"바람에 멀리 날려… 적들은 지금도 열심히 전멸 중이야."

순간 그녀의 등이 움찔했다.

마력을 받아들인다 싶어 무리하게 많이 밀어 넣었다.

"…아직도 이런 마력이 있다니……."

힘없는 어감엔 여전히 감정이 결여되어 있다.

풍성한 푸른 머리칼과 하얀 얼굴과 파리한 입술은 인형의 그것이다. 하나 지독히 매혹적이다.

반해 버린 티를 너무 냈나?

감정이 빠진 검푸른 눈동자가 나를 빤히 쳐다보았다. 오직 눈으로 눈을 보는 그녀 특유의 무감동한 시선이다.

하나 전처럼 괜히 무안하지 않았다. 푸른 호수가 잠겨 있을 것 같은 검푸른 그녀의 눈동자엔 따뜻함이 약간 어렸다고 착각하니.

어깨를 으쓱하며 말했다.

"뭐 여러 사정상."

"정말 렙업 중이로군."

속고만 살았나?

서비스 외 지역이라도 데드당한 인공지능의 숫자는 카운팅된다.

"훗— 농부가 수확하는 뿌듯함을 만끽하고 있다고나 할까? 이런 게 포이즌 메이지의 보람일지도."

"음……."

그렇게 그녀가 부여한 바람의 기운은, 대기 중에 퍼뜨린 독을 근거리는 늦게 가라앉았지만 저 멀리 전장 너머까지 실어 날라주었다.

농도를 흩어버렸지만 그만큼 살포된 면적은 늘어났다.

아니나 다를까. 렙업의 홍분으로 온몸이 부르르 떨려왔다.

"······!"

바로 지금 이순간, 제법 거물이 쓰러진 모양이다.

필드엔 무려 기천, 기만의 고블린들이 죽어가고 있다. 그 행위의 주체는 나이기에 폭렙에 폭렙을 거듭하는 중이라.

"다행이군요. 그럼 이제부터 전멸의 마도사라 불러야 하나요?"

참극이 무덤덤하게 제안했다. 이 무덤덤한 어투에 미약한 쑥스러움이 감지되었다.

여기서 참살, 참극은 유저들이 붙여준 타이틀이다.

수백 명이 입에 올리면 그 자체에 권능이 자리 잡는다.

그 수가 늘고 오래될수록 부여된 권능은 더욱 견고해진다.

그렇게 그 명성이 굳건히 지켜질수록 타이틀 효과 역시 성장한다. 그만큼 강력하다.

게다 그녀는 유저 부여 타이틀의 주인공이니 제안 자격은 충분하다.

이 정도 성과면 그녀의 제안대로 내게 '전멸의 마도사' 라는 타이틀이 붙을 수 있다.

유저들이 아크 메이지의 제자라느니, 극독의 마도사로 나를 칭하는 것보다야 낫지만, 전멸이라…….

학살자도 그렇고 왜 나에겐 이런 타이틀만 들러붙는 것인지.

아참. 곱등이완 비할 바가 아니군.

겸손을 떨었다.

"노노. 참혹의 마도사라고 불러주세요. 참극에 따라가는 그 참혹 아니던가요?!"

이 부분에서 충분히 상냥한 어투로 응했다.

"……."

그녀의 감정 결여된 얼굴에 가는 웃음이 처음으로 걸리려다 말았다. 감정 대신 약간의 옅은 홍조가 그 자리를 대신했다.

아무튼 그녀는 고개를 끄덕이며 나의 뻔뻔한 제안에 동의했다.

참혹이라……. 매혹의 끝에 있는 단어던가?

나는 나름 잘난 척하는 미소를 부여하며 얼굴을 참극에게 바싹 가져다댔다.

이런 도발에 그녀는 특유의 무미건조한 얼굴로 대응했다.

"자, 제시카 씨. 그럼 저를 도운 이유를 들을 수 있을까요?"

"……."

"그러니까, 오래전부터 반했다느니 전부터 마음에 두고 있었다느니 그런 기본적인 이유 말고?!"

"……."

순간적으로 냉기가 밀려들었다.

그리고 참극의 눈꼬리가 치켜 올라갈 수 있음을 처음 알았다.

그녀에게 매혹된 것인지 그녀가 매혹된 것인지…… 모르겠다.

여하튼 감정 있다니까.

……영광인걸.

＊　　＊　　＊

전함을 점검했다. 전투의 피해가 만만치 않다.

전함 상태창이 '나 죽는다!' 비명을 토해냈다.

아니나 다를까. 구우우우우웅— 하는 김빠지는 소리와 함께,

> ……과열로 메인 엔진이 가동 정지에 듭니다. 재생 불가 상태입니다.

굼뜨지만 전함을 움직이던 엔진이 기어이 수명을 다하고

말았다.

전력차가 수십 배나 났으니 작은 육상전함까지 일일이 요격할 수 없었다. 무수한 마탄 포격에 노출되고 말았다.

그나마 개조를 하며 만든 이중격벽으로 선원들의 피해는 없다시피 했다.

강철거인의 마나엔진과 연결된 8문의 대용량 마력 주포가 문제가 아니었다. 32문의 측면 마력포를 동시에 가동하는 과정에 용량 이상을 끌어다 쓴 여파였다.

메카니즘을 이해 못한 참극의 탓이지만 따질 수 없다.

그만큼 격렬한 포격 연주(?)였다.

나까지 빠져들어 거포로 액센트를 부여했다. 그렇게 둘이서 하는 리듬터치 게임과 흡사한 상황이 이어졌었다.

이는 기계용의 던전에서 우우와의 호흡을 몸이 기억하고 있다 할까. 저주가 따로 없어.

모두 도시와 도시에 붙은 유적까지 걸어가야 할 상황에 놓였다.

그러니 전장에 펼쳐진 폐허가 그렇듯 별로 편치 않다.

너부러진 고블린 사체는 빛의 입자로 화해 사라지지 않았다. 썩어 문드러지는 일반 사체와 같다.

서비스 외 지역답게 현실적인 시간의 지배를 받아서다.

역시 설정 까칠하다니까.

아니면 E&T 특유의 심통이려나.

아무리 종족이 달라도 마력포에 유기체가 갈가리 찢겨진 모습을 보는 건 그리 편치가 않은 그림이다. 마찬가지로 독에 녹아 촛농 형태로 문드러진 사체는 말하나마나다.

몇몇 비위 약한 선원들이 가상임에도 헛구역질을 해댔다.

그러나 목적지가 눈앞인데 두 눈 질끈 감아야 한다.

"자, 그럼 가보실까?!"

"예에엡— 선장니이임—"

호위기사 캐티였다.

한데 어감 깊은 곳에 꼬임이 담겨 있다. 고블린 강철거인에 탑승해 출발 준비를 마친 채로 입술이 삐죽 튀어나와 있다. 잘 싸웠다고 머리를 쓰다듬어 줄 때완 어째 분위기가 팍팍하다.

나 역시 멀쩡한 고블린 강철거인에 탑승한 상태다. 그리고 등 뒤로 매미처럼 붙어 있는 인형 얼굴의 참극의 청비가 있고.

아시다시피 고블린 강철거인의 조종석은 아주 비좁다. 조종석 등받이를 떼어내야 간신히 유저 두 명이 구겨진 상태로 탈 수 있다.

자연스런 신체 접촉이 다반사다.

한데 나와 참극의 조합은 도저히 받아들이기 힘든가 보다.

다른 선원들 역시 믿을 수 없다는 눈으로 나를, 아니, 우리를 쳐다보았다.

사실 나를 향해 사사건건 으르렁거린 것은 참살의 청운이 었는데 남매이기에 참극의 청비까지 도매급으로 넘어간 것이다.

"믿을 수 없는 게 남녀 사이라지만……. 한데… 둘이 잘 어울려."

선원 중 하나가 너무도 솔직하게 감상을 중얼거렸다.

"얏ㅡ! 거기ㅡ 헛소리 말고 얼른 장비나 단단히 챙기시지?! 앙?!!"

"허끅."

캐티가 버럭 소리를 지르며 그 선원을 잡아먹을 듯이 노려보았다.

두 눈이 활활 타올랐다.

허미ㅡ 굉장히 까칠해진 캐티였다.

전장에선 전신이 따로 없었다.

여하튼 전투 중이 아님에도 흥분 상태의 표시인 도깨비 머리 모양을 계속 유지하고 있다.

참 알기 쉬운 캐릭이라니까.

"어이. 캐티ㅡ"

"네에에ㅡ"

그녀는 고개를 모로 돌린 상태로 심드렁하게 답했다.

"불만이면 네가 모시던가?"

"…음. 됐네요!"

씩씩 팩 토라져 발을 쿵쿵 굴리며 앞서 출발했다.

캐티의 강철거인 배낭 칸에 당나귀 덩키가 하얀 이빨을 드러내며 특유의 키힝키힝 하는 유쾌한 울음을 터뜨렸다.

주변 선원들이 킥킥거리다 캐티의 발길질에 나가떨어졌다.

"터무니없이 씩씩하다니까."

그러거나 말거나 등 뒤에서 전해지는 참극의 온기를 음미하며 강철거인을 기동시켰다. 흠⋯⋯. 은근히 볼륨 있네.

여하튼 파김치처럼 쳐져 버린 선원들을 피에 굶주린 좀비같이 만드는 주문을 외쳤다.

"저기 보물이 눈앞에 있다―"

와아아아아아아아―!!!

쿠쿠쿠쿠쿠쿠쿵―!!!

선원들은 함성을 지르며 각자 탑승한 강철거인을 움직여 깡통처럼 너부러진 고블린 육상전함의 잔해 사이로 달려 나갔다.

도시의 느낌은⋯⋯ 주인없는 창가 책상 위에 올려놓은 화분 속 말라비틀어진 선인장과 같았다.

수많은 상태창 중 그 어떤 창에서도 도시의 입성을 경축하는 축가는 울려 퍼지지 않았다.

이 모든 것이 당황스럽다.

“……이것은?”

…….

선원들도 실망한 모습이 역력했다.

그렇게 도시는 유령도시처럼 텅텅 비어 있었다.

분명 건물들은 본 적 없는 이국적인 형상을 그리고 있지만 창이며 문들은 유저들의 체형에 맞추어져 있다.

분명 고블린들의 도시는 아니었다.

한데 어디서 많이 본 거리 풍경인데 기억이 나지 않았다.

나만 그런 게 아닌가 보다. 선원들도 고개를 갸웃하며 오래전 기억을 쥐어짜는 모양이었다.

나는 거리에 돌출된 창가에 올려진 화분을 건드렸다.

세월 이전의 유물이 이럴까. 퍼석하며 부서지며 먼지로 화했다.

건물을 제외한 장식용 아이템들은 예외없이 툭 건드리기만 해도 먼지로 주저앉아 버렸다.

…….

“도대체…….”

유령도시건만 아까부터 도시에 들고부터 누군가 감시하고 있다는 느낌이 떠나지 않고 있다.

고블린 잔당이 남아 있을까?

그 가능성이 제일 높음에도, 적의(敵意)가 전혀 감지되지 않았다.

고개를 들어 천신이 도시를 응징하기 위해 박아 놓은 검 같은 회백색 유적 기둥을 올려다보았다.

나의 행동을 따라 모두 머리 위로 깊은 그늘을 드리우고 있는 유적을 올려다보았다.

그때였다.

반짝!

유적 중심부에서 청색 빛이 반사되는 것이 보였다가 금세 사리지는 게 아닌가. 우연처럼.

유적에 누군가 있다!

다들 지체없이 유적과 연결된 도시의 중심으로 달렸다.

도시의 풍경이 어디선가 본 듯한 풍경임을 모두 잊은 채.

쇠락한 거대한 회색 구조물은 기계용이 탄생한 거대 던전의 그것이었다.

웅장하고 당당하게 유저들을 내려다보던 그 오만한 크기는 지하가 아닌 도시 중심부를 찌르는 검과 같은 패도적인 자태를 드러내고 있는 점만 다를 뿐이다.

주변은 그저 고요하기만 하다.

골목과 빈 건물 벽을 타고 건조한 바람이 지나며 기이한 공명음을 을씨년스럽게 토해냈다.

던전의 외형이 쇠락할수록 진가가 높은 것은 그 안에서 마기라든지 요기라든지 하다 못해 음습한 음기가 유저들의 모험심을 자극하기 때문이다.

하나 그 어떠한 느낌조차 뿜어내지 않고 있다.

묘한 기시감이 엄습했다.

번데기에서 나비가 부화해 날아가 남겨진 빈 껍질 같다고나 할까.

여하튼 액기스가 빠져나간 김 빠짐은 나만 느낀 감상은 아니었다.

유적을 아무리 올려다보고 주변을 둘러보아도 도시 입구에서 모두가 보았던 인공적인 빛을 발하는 그 무언가를 찾을 수 없다.

유적 입구조차 찾을 길 없다.

그랬다. 기능은 오래전에 중지된 상태였다.

그러면 왜?

고블린들은 거의 군단급 병력으로 이 도시를 지키고 있었을까?

모를 일이다.

텅 빈 도시를 이용한 흔적조차 없다.

그렇게 터무니없는 수수께끼가 던져졌다.

선원들은 머리를 맞대 꿍꿍거리며 이 텅 빈 수수께끼에 매달렸다.

"유적 입구를 찾아야 돼!"

"어디서?"

"그러니까, 이제부터 찾아야지."

"정말 지친다, 지쳐……."

퍼지며 선원 하나가 주저앉았다.

"이 사람아— 단서를 확보해야 뒤에 오는 녀석들과 흥정을 할 거 아냐?"

"……그렇군."

"자. 어서 일어나자고. 도시 어딘가에 단서가 있을 거야."

"한데 도시 입구에서 본 빛의 정체는 뭘까?"

"들어가 보면 알겠지."

"만약 아무것도 없으면?"

"이 도시는 바로 우리 거야. 이 큰 도시가 말이야."

"걸어서 한 달 거리에 있는 도시의 주인? 실컷 하서?!"

또 다른 선원 하나가 비아냥거렸다.

"그럼 자네의 이 도시에 대한 지분은 내가 가짐세."

"…그건……."

"잘 들어. 내가 사업 구상을 했는데 말이지……. 육상전함 보다 기차 레일을 놓으면 그림이 달라지지 않을까? 그냥 평지 잖아!"

"호오—"

"그렇지?! 그러니까 어서 움직이라고."

"그러자고. 웃차—"

쓴웃음이 났지만 나에 대한 원망은 토하지 않음에 만족하기로 했다.

가능성이 눈에 있고 없고의 차이가 아닐까.

여하튼 나의 생각은 도시 외곽으로 향했다.

열쇠는 고블린들에게 있을 수 있기에.

고블린들이 이곳에서 무엇을 하고 있었는지를 조사해야 함이라.

도시 밖. 도시의 높다란 장벽 아래로 나왔다.

도시 장벽에 기대어 이질적인 구조물들이 덕지덕지 붙어 있다.

시커먼 그을음으로 오염된 수많은 굴뚝이 이어진…… 고블린 집합 공방이었다.

이런 공방이 유령도시 외곽 장벽을 따라 갯바위에 붙은 따개비처럼 붙어 있었다.

그리고 이어진 도시의 뒤편.

색다른 풍경이 있었다.

켜켜이 금속 구조물 잔해 더미가 쌓여 있다. 붉은 고철로 격렬한 전투의 잔해였다. 그리고 전혀 녹이 슬지 않은 잔해도 그속에 자리 잡고 있다.

바로 미지의 적이 운용한 은백색 공중전함 잔해와 녹색 안드로이드들이 켜켜이 쌓여 있었다.

규모가 어마어마하다. 그런 커다란 동산만 한 고철 무더기가 벌판에 여러 개다.

모두 처절한 전투를 치렀음인지 멀쩡한 부위를 찾기 어렵다.

이 거대한 고철장에 꺼꾸러진 공중전함들의 덩치가 상상을 불허한다.

캠프를 습격한 공중전함은 그저 초계함 정도랄까.

거대한 고래가 연상되는 웅장한 크기의 공중전함의 외관은 가히 예술품 같이 미려하기만 했다.

하나 그 미려한 외관은 지금 한창 누더기로 화하고 있었다. 바로 고블린 수거팀에 의해.

선체 외벽 곳곳이 뜯겨져 나가 함 내부를 사정없이 까발리고 있다.

이 미려한 외관에 인정사정없이 들러붙은 고블린 수거팀의 육상전함들의 그림은 마치 사체를 뜯기 위해 생겨난 구더기 같았다.

고블린들은 이 공중전함의 잔해를 분해해 자신들의 육상전함으로 개조한 것이었다.

이 도시를 두른 공방은 육상전함을 건조하기 위한 공장이었다.

한데 감히 누가 하늘을 나는 공중전함을 떨굴 수 있단 말인가.

땅강아지 고블린들이? 절대 아니리라.

고블린들이 이곳을 사력을 다해 지킨 것은 이해 가는데 또 다른 수수께끼가 붙어버렸다.

"이거참. 죽은 고블린들을 살려내 물어볼 수도 없고."

발치 아래 고블린 사체 몇몇이 녹색 혀를 길게 내밀고 너부러져 있다. 안색이 시커멓게 변해 있었고 더러는 안압의 팽창으로 눈알이 빠진 채다.

독이 도시를 넘어 이곳까지 퍼진 것이다.

내가 참 독하긴 독(毒)하군.

갈색 멜빵 작업복 차림에 어설픈 공구 벨트가 전부인, 고블린 가운데서도 생산을 담당하는 하급 일꾼들이었다.

일꾼 스펙으론 희석된 독조차 이겨내기 힘들었으리라.

그렇게 고철장 군데군데 고블린 일꾼들이 목을 부여잡고 쓰러져 있었다.

이 참상에 비위가 상하는지 선원 중 몇몇이 나를 쳐다보며 진저리를 쳤다.

어쩌라고?

누울 땅까지 파고 죽게 만들 수 있으면 내가 '아크' 게?

아, 그렇군. 사체를 치우는 건 선원들의 몫이지.

약간 쏘리~

여하튼 기능이 정지한 기둥 유적. 알려진 바 없는 거대한 전투의 잔해. 고철에 혈안이 된 고블린 육상전함의 잔해⋯⋯.

이것을 구경하려고 달려온 게 아니잖아.

이 모든 그림을 관통하는 이야기 꼬챙이를 찾아야 한다.

"5인 1조로 흩어져 특이사항을 수집한다."

…….

선원들은 고개를 끄덕이며 잔해 곳곳으로 흩어졌다.

뒤통수에 '절대적인 신뢰' 라고 붙어 있다.

OF TEN DIVINE NAMES
Sephiroth II
Highest Wisdom
Act 13
오인전

機甲戰記
Massacre
기갑전기 매서커

　단체전 개회식이 시작되자 경기장 내에 리그에 참가하는 강철거인과 골렘 오너들이 도열했다.

　우와아아아아아아아—!!!

　곱등이— 빅 뻐뀨 머겅—!!!

　곱등이— Go to the HELL—!!!

　경기장 가득 곱등이에 대한 미움의 에너지가 충만했다. 개회식을 진행하기 힘들 정도다.

　개인전 우승 당시의 반반이던 미움은 빛느님을 에스코트하는 순간 200% 증오의 에너지로 변해 버렸다.

　개회식에 서 있는데 미움의 송곳 시선들이 살을 파고들 정도다.

동시에 손가락질 백번 받으면 그 자리에서 급살맞는다 했던가. 가상이길 천만 다행이랄까.

…땃땃, 따끔하다……

엄숙한 개회식장에 큰곰이 등이 뭐가 그리 좋은지 킁킁거리며 염장을 긁어댔다.

"기대는 안 했지만 리그의 공인된 악역이군요. 이런 특대의 미움을 유발하시다니 재주가 참 용하시네요."

골든 보이마저 체내 통신으로 이렇게 말하는 것이다.

아무튼 강철리그 단체전에 출전한 팀은 16개 팀이나 되었다.

척 보아도 거대 작업장이 개입한 팀이 반 이상이었다.

돈 된다고 생각하면 이렇게 몰린다니까.

그리고 개인전에서 참가한 팀들 간에 이합집산으로 나머지 팀들이 따로 꾸려졌다.

두 집단 간에 묘한 알력이 느껴진다고나.

VIP석의 여유로움과 흥청거림은 변함없다. 쪽지들이 쟁반에 수북히 쌓여 턱시도 차림의 멤버들에 의해 옮겨지고 있다.

VVIP석 빛느님도 고여하게 자리하고 계시다.

한데 남정네들의 시선이 서려 있는 곳은 전혀 다른 하단 모서리 쪽이다.

오— 빛이 총애하는 유저가 등장했구나. 누구기에?

……

젠장?! 저게 누구신가?

그 장미님 아니신가?!

하늘한 하얀 셔츠에 붉은 승마바지 차림으로 턱하니 VIP석의 한 자리 차지하고 있다.

원하는 곳 그 어디든 갈 수 있는 저 전지전능함에 경의를.

하여튼 그녀를 중심으로 아양을 떠는 인사들이 다양하게 오가고 있었다.

그 가운데 돈돈돈 후작이 있는 걸 보니 구단주 아니면 구단을 후원하는 실소유주들이리라.

VE사에 자신의 팀을 홍보하고 후원을 따기 위한 눈도장 찍기인가 보다.

하나 시큰둥한 장미의 눈은 오로지 팀 유니콘을, 아니, 나를 노려볼 따름이었다.

이별한 남친이 새로운 연인과 너무도 행복해하는 장면을 우연히 목격한다는 일일드라마 여주인공 같은 그림!

…무서버……

승마용 박차를 자신의 손바닥 위로 툭툭 내려쳤다. 입가에 걸린 희미한 미소는 마치 이렇게 말하는 것 같다.

참 어렵게 산다고!

그러고 보니 오늘 승마를 가르쳐 주겠다고 농장으로 초대한 날이구나.

그녀의 초대에 '현실의 시계는 돌아가지 않는다고' 에둘러 거절했다.

아무리 그래도 승마 복장으로 압박하시는 건 쫌……

아씨— 긴장되게 왜 이러시나.

몰라. 어쩌라고?!

여기 동신 팬텀은 없거든?!

그런 나와 그녀만이 통하는 눈빛으로 공방을 주고받고 있는데 VIP석 건너편에 일단의 인물들이 나타났다.

그곳에도 빛 기둥 하나가 떨어져 내리는 것 같이 환하다.

장미의 눈빛이 사납게 치켜 올라갔다. 누구시기에?

…….

오— 그들이다!

오크 캠프에서 매서커에게 목이 달아난 하이엘프 아앙과 그녀의 추종자들이었다.

현재는 엘프 종족의 탈을 버리고 유저로 새로이 캐릭을 만들었음인데 그녀 특유의 살짝 삐뚤어진 입매는 그대로였다.

칫—! 하는 소리가 귓가에 울리는 듯하다.

평화를 사랑하는 매서커가 마음잡고 목을 날려 버린 유저이기에 그 특유의 오만한 분위기를 모를 리 없다.

절대 장미의 청탁에 부응한 선택이 아니다.

가만. 파편 무구를 탑재한 슈퍼 캐릭이 없어졌는데 평범한 유저로 E&T에 접하다니? 이거 심상치 않은데.

　그렇다. VE사의 유력한 경쟁자이자 훼방꾼이 공식적으로 등장한 것이니 장미의 신경이 곤두설 만했다.

　한데 그녀의 등장에 신경이 곤두선 것은 장미만이 아닌 것 같다.

　VIP석 절반이 떨떠름한 얼굴로 변했다는 것.

　그리고 장미에게 무언의 시선을 보내며 의문을 표했다.

　계산을 구하는 시선이 양측 사이를 오가며 탐색의 시간이 흐르고 있었다.

　그러거나 말거나 경기장을 메운 유저들의 눈은 호강한다 고나.

　아앙은 쏠리는 시선을 일광욕에 좋은 적당한 햇살로 여기 는지 오연하게 유저들을 바라볼 따름이다.

　은은한 미소에 자부심 과잉이라.

　흐흠. 목이 달아난 상처는 다 아문 것 같군.

　그러다 아앙의 시선이 나, 곱둥이에 멈추더니…… 떠날 줄 모른다.

　그녀의 눈에 곱둥이 지오가 어떻게 비추어질지는 모르지 만 이렇게 깊은 관심으로 관찰할 정도는 아닌데 말이지.

　아항. 장미와 나름 깊은 교감을 나누는 것을 봐서구나. 아 닌가?!

　입매가 묘하게 틀어지는 것이 생각이 깊은 얼굴이다.

　아앙은 옆에 자리한 추종자들에게 몇 마디 건넸고. 몇몇 유저들이 고개를 숙이며 급하게 자리를 떴다.

흥— 알 게 뭐야.

아앙과 장미의 등장으로 인한 관심은 경기 개시를 알리는 선언과 유저들의 환호에 잠겨들었다.

그렇게 장내는 응원의 열기로 순식간에 뒤덮였다.

……한데 왜 나만 으스스한 거지?!

오늘 8개의 예선 경기가, 하루 쉬고 이틀 뒤에 오전 2개의 4강전이, 그리고 오후에 1개의 결승전을 치르는 방식으로 일정이 정해져 있다.

그리고 예선 5번째가 팀 유니콘 차례.

4차례 치러진 단체전 수준은 높았다. 상당히.

난잡하고 시선을 분산시키는 일대일 단병접전은 없었다.

공방의 조화가 잘 어울려진, 마치 빠른 농구경기를 보는 것 같은 팀플레이로 격투가 이루어졌다.

역시 싸움 구경 중 으뜸이 패싸움이라 했던가. 관중들의 열기는 개인전의 열기를 뛰어넘고 있었다.

거대한 함성이 울리며 승자가 정해졌음을 알려왔다.

드디어 팀 유니콘이 출전할 시간이 되었다.

예전처럼 주기장을 기웃거리며 시비를 거는 유저들은 없었다.

야콘이 결투에서 망가진 여파였다.

나를 무서워한다. 야콘은 신경이 놀라 입원했다는 소문이
돌았다.

아쉬움이 있다면 빛느님의 관심이 없다는 점이다.

빛느님의 호위기사 역할은 경기 시작과 함께 리셋되어서
다.

다시 우승해야 다음 리그 개최일까지 호위기사 역할이 주
어지리라.

이래서 규칙을 만드는 놈들이 치사하다니까.

많은 유저들에게 공평한 기회를 주는 것을 대의로 내세웠
지만 나름 초대 우승자 아닌가. 한 달은 그 역할을 하게 자격
을 주어야지. 쩨쩨하게.

…아쉬움을 털었다.

경기장의 빛이 부르고 있기에.

"자. 팀 유니콘 출격합니다."

""""오—!""""

큰곰이들이 각자의 무기를 치켜들며 근접 통신 연결을 확
인했다.

쿵쿵쿵쿵—!

경기장에 팀 유니콘의 강철거인이 등장하자 관중들의 야
유가 퍼부어졌다.

우우우우우우우우우우—!!!

우리는 미리 약속한 대로 무기를 든 팔을 동시에 치켜들며

관중들에게 퍽큐—! 로 응했다.

이에에에에에에에에에—!!!

관중들이 좋아 죽는다.

자. 그럼 우리의 상대를 살펴보자.

지역에 연고를 둔 작업장 연합이 모여 만든 팀 '아이언맨'
이었다.

5기 가운데 나이트급 강철거인이 3기로 초라하진 않은 전
력이지만 왠지 팀 유니콘의 전력을 탐색하기 위해 버려진 느
낌이 든다고나.

팀 '아이언맨'의 주장이 대표로 관중들과 구단주에 영광
을 표했다.

나 역시 주장이기에 강철거인 밖으로 몸을 드러냈다.

송곳 같은 시선과 우— 하는 지저에서 울리는 야유가 경기
장을 몰아쳤다.

> 절대적 다수가 당신을 증오합니다.

버퍼가 무럭무럭 붙는 게 아닌가.

……약해. 이 정도 미움이면 약하지.

확성 마법의 도움을 받아 야유를 울리는 관중들에게 외쳤
다.

“밥은 먹고 다니냐—?!!”

…….

경기장이 싸하게 가라앉았다.

특대의 야유가 터지겠지…… 했는데.

이에에에에에에에에에에—!!!

환호가 터져 나왔다.

거참. 내가 변태가 아니고 유저들의 집단의식이 변태다.

사람들의 의식이 모이면 현명한 쪽으로 판단하고 행동하리라 생각한다.

하나 결과는 정반대다.

인간의 오묘한 삐뚤어짐이라 해야 하나.

여하튼 조롱해도 좋단다.

나는 기대를 접고 빛느님 쪽을 바라보았다.

한데 빛느님의 반응이 잠잠하다. 다른 이전 경기에서는 양 팀에 빛의 가호를 부여했는데 말이다.

그렇다고 팀 아이언맨에도 가호를 부여하지 않았다.

…아씨. 왜 이리 허하지.

나는 머쓱한 느낌을 받으며 강철거인 내부로 들어왔다.

왠지 관중들의 환호보다 빛느님의 무관심에 상처받았다고나 할까.

그녀 마음이니 따져서 뭐하리오.

눈앞의 적에게 집중할 때. 하나 시선은 VVIP석으로 향하고
만 있었다.

…빛느님……

*   *   *

쿠궁. 처처척ㅡ!

팀 아이언맨은 상체를 가리는 거대한 방패로 방진을 짰다.

전면 3기가 무릎을 꿇은 상태로 하부를 가렸고 나머지 두 기
가 방패를 앞으로 뻗어 전면 3기와 자신들의 상체를 가렸다.

좋은 팀웍과 전략이었다.

지치기를 기다리겠다는 것인데…… 상대를 잘못 파악했
다.

곱등이는 골렘 오너가 아니다. 그저 몸에 익은 동물적인 감
각으로 승부했다.

하나 다른 4기의 강철거인에 탑승한 이들이 누구던가.

정식 골렘 오너들이다.

아니나 다를까. 기계사 지오를 필두로 4기의 강철거인들이
방진을 향해 거칠게 튀어나갔다.

쿠쿠쿠쿠쿠쿠쿵ㅡ 지축을 울리는 전진이 한 심장을 가
진 듯 박자가 같다.

보폭이 전부 틀렸지만 따로 연습을 하지 않아도 우리는 이

렇다.

그 뒤를 지면을 사뿐히 밟으며 빈 손인 내가 나아갔다.

E&T에선 여전히 내게 골렘 오너 자격을 유보하고 있다.

너무 예외적이기에.

여하튼 전진하는 4기의 강철거인 중 큰곰이와 작은곰이가 멈추어 섰다. 그리고 팔을 뻗어 서로 교차하며 발판을 만들었다.

4개의 강철 팔이 만든 발판에 골든 보이의 오렌지색 강철거인의 발이 닿았다.

동시에 발판이 힘껏 튕겨지며 오렌지색 강철거인을 공중으로 높이 퉁겨 버렸다.

포탄 같은 속도로 하늘을 날아 떨어지는 오렌지색 강철거인의 종착지는 5기의 강철거인이 구축한 방진 전면이었다.

꽈자자작—!!!

방진이 크게 출렁였지만 골든 보이의 육탄 공격을 버텨냈다.

하나 이게 다가 아니다.

제2파가 있다.

기계사 지오가 두 곰이 만든 발판의 도움을 받아 출렁이는 방진 틈 사이로 떨어져 내렸다.

꽈자작— 와당탕—!!!

충격음이 달랐다.

그랬다. 방진의 출렁거림 사이를 파고들며 상체를 가린 두 기의 강철거인과 같이 넘어지며 엉겼다.

럭비 경기에서 몸을 던진 태클과 같은 효과라.

그렇게 방진의 상체는 해체되었다.

이어 튕겨져 나간 오렌지색 강철거인이 쇄도해 들어갔다.

거대한 발길질에 지면에 박은 방패와 함께 한 기의 강철거인이 방패를 안은 채로 벌렁 넘어졌다. 우연히도 기계사 지오 위에 겹쳐졌다.

넘어진 두 기의 적이 일어서려다 그 충격에 다시 지면에 등을 붙이고 말았다.

차, 그 다음은 두 곰이 중앙이 빠진 두 기의 강철거인에게 쇄도해 엄호를 못하도록 창과 도끼를 뿌려댔다.

골든 보이는 기계사 지오의 강철거인 등에 너부러진 조종석을 목표로 침착하게 굽은 도를 밀어 넣었다.

스거걱— 강철장갑을 파고드는 골든 보이의 찌름의 진동이 고스란히 기계사 지오에게 전달되었다.

그는 모자라지도 넘치지도 않은 상태에서 적을 데드시켰다.

그때였다.

기계사 지오의 밑에 깔린 방패가 크게 들썩였다.

커다란 반동이 되어 가계사 지오와 데드당한 강철거인을 밀쳐 냈다.

하나 골든 보이가 이들이 자세를 잡도록 두고 볼 리가 없다.

다시금 골든 보이의 사나운 발길질이 일어서려는 강철거

인의 방패에 퍼부어졌다.

꽈광—! 방패가 우그러지며 적 강철거인은 주르륵 밀려나며 벌렁 넘어졌다.

이어 옆차기로 오른쪽에서 일어서려는 적 강철거인의 방패 중앙을 타격했다.

퍼펑—!! 방패가 모로 깊이 파이며 적 강철거인 역시 옆 걸음으로 튕겨나 쓰러졌다.

기계사 지오는 처음 넘어진 강철거인을 목표로 다가가 방패를 걷어차 저 멀리 날려 버림과 동시에 회백색 거대한 검을 가슴 장갑 깊이 밀어 넣었다.

쿠쿠쿡—

검끝을 통해 유기체의 침묵이 전달되어 왔다.

마찬가지로 골든 보이 역시 옆으로 쓰러진 적 강철거인의 복부를 발로 차 중심을 잡지 못하도록 연속 타격을 가했다.

기어이 방패를 밟고 올라서더니 거대한 곡도로 강철거인의 두부를 날려 버렸다.

잘린 두부 아래에서 충격을 이기지 못해 어쩔 줄 몰라하는 골렘 오너가 기어나왔다.

그 골렘 오너를 향해 거대한 곡도가 떨어져 내렸다.

꽈직— 곡도는 골렘 오너를 가격하지 않았다.

바로 적 골렘 오너 코앞에 떨어진 상태로 지면에 박혔다.

적 골렘 오너는 급히 두 팔을 하늘을 향해 치켜들었다.

두 곰과 적 강철거인 두 기는 사납게 단병접전을 이어갔다.

하나 이미 다른 3기의 강철거인이 침묵한 상태라 검의 궤적이 어지러워지더니 큰곰이의 도끼질에 한 기가 싱겁게 침묵에 들고 말았다.

작은곰이는 창잡이답게 상대를 견제하더니 곱등이 쪽으로 적 강철거인을 몰았다.

앞에는 창을 든 강철거인, 뒤에는 빈 손의 강철거인에 포위된 적 강철거인은 거칠게 방패와 검을 휘두르며 저항했지만 동작이 커진 게 패착이었다.

커다란 동작 사이로 작은곰이의 강철거인이 찔러 넣은 창 끝이 옆구리를 뚫고 조종석 옆을 관통하고 만 것이다.

그렇게 마지막 한 기까지 침묵에 들었다.

……

야유와 환호 없는 아연한 정적이 장내에 내려앉았다.

불과 1분을 넘기지 않은 결과였기에.

훗— 이것이 진정한 팀플레이지.

＊　　＊　　＊

팀 유니콘의 멤버는 한 명 한 명이 우승후보다!

자유도시 유저들 사이에 팀 유니콘 골렘 오너에 대한 평가였다.

거참. 보는 눈은 정확해 가지고.

'내가 다 키웠어!!!' 라고 외치고 싶지만.

"내가 다 키웠어—"

큰곰이가 어깨를 으쓱하고 가슴을 탕탕 치며 달리에게 말했다.

달리는 정말 그런 줄 아는지 둥그런 눈을 더 둥그렇게 만들며 큰곰이의 허풍에 귀를 기울이고 있다.

작은곰이는 고개를 돌리며 긴 한숨을 쉬는 것으로 외면했고, 골든 보이야 원래 무관심이 하늘을 찌르는 위인이니 멀뚱멀뚱이었다.

"혀, 형님으로 모시겠습니다."

처척— 팀 유니콘의 함량 미달 겉멋 절정 골렘 오너와 예비 골렘오너 둘이 큰곰이 앞에 넙죽 무릎을 꿇었다.

하여튼 배알도 없다니까.

"커커커— 보는 눈은 있어가지고. 좋아. 키워주지."

"가, 감사합니다."

함량 미달 골렘 오너는 감격한 눈으로 큰곰이의 손을 뜨겁게 잡았다.

큰곰이가 빡세게 굴릴 필요가 있는 골렘 오너다.

메카닉 지오로선 그를 도와주고 싶어도 골렘 오너를 지도할 스킬이 없어 방치한 상태였다. 나름 제대로 된 스승을 그는 만난 셈이군.

자유도시 주변 숲이 큰곰이의 특훈으로 몸살을 앓을 것 같다.

첫인상의 무서움을 전부 다 털어버린 상황을 큰곰이 만들고 있으니 괜히 참견할 필요가 없음이라.

이렇게 승리한 다음의 여운에 큰곰이의 넉살 좋은 수다가 우렁우렁 울리니 팀 유니콘이 자리한 주기장의 분위기는 이보다 좋을 수 없었다.

그녀들이 나타나기 전까지는.

제일 먼저 등장한 것은 장미였다.

겨드랑이에 박차를 끼고 당당하게 주기장에 들어오더니 내 앞으로 곧장 걸어왔다.

그리고 그녀 특유의 박력 깃든 목소리로.

"이 팀 얼마야?"

…….

참, 캐릭 일관성 있다니까?!

그녀다운 대사라.

큰곰이 띄운 분위기를 착 가라앉혔다.

달리가 복어 같이 볼을 부풀리며 대꾸했다.

"친목 팀이에요. 팀 유니콘은 사고 파는 거래 대상이 아니에요."

화내는 것도 귀여버!

한데 장미의 당당한 눈과 마주치자 위축되어 부푼 볼에서 바람이 빠져나갔다.

"그래, 친목?! 친목이라……. 좋아. 그 친목까지 접수하지. 그래, 얼마면 돼?"

"…….

말이 통하지 않는 전형적인 분류다운 어법에 다들 아연한 눈으로 서로를 바라볼 따름이었다.

"칫─ 뭐든지 돈으로 바르려는 버릇은 여전하군."

새로운 인물들이었다. 하늘하늘 속이 비치는 연보랏빛 드레스의 미인이었다.

하이엘프가 아닌 유저로 화한 아앙!

장미는 목소리의 주인공을 찾아 기다렸다는 듯이 자세를 틀었다.

"훗─ 그러는 너는 파편 무구에 하이엘프 캐릭까지 거액을 들여 사셨어?!"

"…아니! 그걸 어떻게?!"

장미의 비아냥에 아앙의 눈이 크게 떠졌다.

"훗. 내가 말했지?! 한 번 더 협정을 어기고 들어오면 모든 플레이를 부숴 버리겠다고?!!"

"……?"

"그래, 어때?! 목이 달아난 느낌이?"

"앗!!!"

아앙의 얼굴에서 핏기가 사라졌다.

“내가 사주했냐고? 아니, 약간 거래를 했지. 나름 거래가 되는 상대거든.”

……

누님, 왜 이러세요. 제발 다른 데 가서서 담소를 나누시면 안 될까요?

추워요.

“칫— E&T에 조금 일찍 뿌리내린 티를 치졸하게 내고. 역시 넌 정당한 대결에선 버거운 거야. 늘 미끼를 던져 유저들을 이용하는 게 얼마나 오래갈지 두고 보겠어.”

금세 냉정을 찾는 아앙이었다.

“얼마든지.”

장미의 눈엔 약간의 긴장이 어렸다. 아앙의 저력이 버거운 모양이다.

여하튼 이 두 아리따운 여인의 언쟁에 서리가 사르르 내리고…….

그런데 아앙은 팀 유니콘에 왜 온 거야?

“팀 유니콘에 제안이 있어요. 저는 팀을 누구처럼 천박하게 사러 온 게 아니에요. 협업. 그러니까 코업을 제안하려고 왔어요. 팀 유니콘이 리그에서 우승할 수 있도록 물적 지원을 전폭적으로 하겠어요.”

……

다들 눈으로 뭘 원하는지 물었다.

"오크 토벌을 위한 원정대에 참여해 주세요! 비용 역시 전적으로 우리가 책임지겠습니다."

와우― 이 누님. 단단히 열 받았구나.

그런데 장미는 알고 있다. 아앙이 토벌하고자 하는 상대와 여기 곰둥이 지오가 같은 유저임을.

장미의 입가에 가소로운 미소가 자연스럽게 걸렸다.

"풋― 고작 화풀이에 팀 유니콘을 동원하겠다고? 참 딱해. 아주 딱해."

"화풀이가 아닙니다. 팀 유니콘 여러분. 제가 정벌하고자 하는 오크는 강대한 적입니다. 파편 무구가 무려 4개가 있습니다. 그 성과는 전부 여러분들 것입니다."

술렁술렁.

팀 유니콘의 멤버보다 호떡집 불구경 온 다른 팀 멤버들 사이에서 흐르는 술렁임이었다.

이에 장미는 비웃음을 흘리며 나에게 윙크를 살짝 보내왔다.

아앙이 열 받아 하는 게 통쾌한가 보다.

영문을 모르는 달리가 뚱한 눈으로 그런 장미를 노려보며 내 곁에 붙었다.

그림이 사이좋은 멜빵 남매 같다고나.

여하튼 그렇지?

내가 나를 토벌하는 스토리는 이제 식상하지 않은가.

어떻게 내 적이 늘 내가 될 수 있단 말이랴.

게다 파편 무구를 다 회수한 상태인데 뭐가 아쉬워 원정에 참가할까.

팀 유니콘의 멤버들이 역시 약간 동하는가 하더니 그것으로 끝이었다.

"좋아요. 구체적인 원정 계획을 유저 사회에 알리겠어요. 천천히 검토하신 다음 참여를 고려하셔도 돼요."

아앙은 물러날 줄 아는 유저였다.

그저 오늘은 선보이기 정도고 이후로 집요하게 원정 참여를 종용하리라.

목표가 있으면 그 목표를 향해 달리는 타입이랄까.

한데 장미가 아앙에게 기름을 끼얹었었다.

"아무리 E&T를 우습게 알아도 그렇지, 공부 좀 하고 찾아오든지 해야지."

"……?"

"그 유저가 어디 출신인지, 그리고 팀 유니콘의 골렘 오너들이 어디 출신인지 공부를 하고 와야 하는 거 아냐?! 머리가 잘리더니 생각하는 기능까지 잘려 나갔나 보지?!"

"……뭐라고?!"

아앙의 목소리가 뾰족하다.

이에 눈치없는 큰곰이 참견하고 나왔다.

"아가씨. 바미안이 우리 출신지입니다. 열 받으신 건 이해되는데 게임하다 보면 그런 일이 다반사죠. 열 받는 상대를 전부 찾아 상대하다 보면 피부만 상해요.”

천하태평에 진심으로 걱정하는 어투다.

“……”

아앙은 석고상처럼 굳은 채 자신이 들은 이야기를 분석하는 듯했다.

그리곤 눈이 사납게 치켜 올라가더니 휙 등을 보이며 걸어갔다.

어깨가 바들바들 떨리는 것이 눈에 보일 정도.

그제야 자신이 무슨 뻘짓을 했는지 깨달았음이라.

그것도 최대의 앙숙 앞에서.

그래서인가, 장미의 얼굴엔 환한 웃음이 걸렸다.

영문을 몰라 하는 달리는 내 얼굴을 멀뚱멀뚱 쳐다보았다.

…….

앙심을 품은 여자. 조롱하는 여자. 영문을 몰라 하는 여자……. 이 모든 것이 나에겐 재앙의 전주처럼 느껴질 따름이었다.

Act 14
다 덤벼-!!!

機甲戰記
Massacre
기갑전기 매서커

하루가 지났다.

팀 유니콘; 아니, 골든 보이 등 유니콘 소속 골렘 오너를 보는 눈은 뜨거운 경외에서 무덤덤하게 가라앉아 있었다.

차가운 거리감이라 하나.

그림 한 장이 부른 효과였다.

"밤 사이에 팀 유니콘을 선전하는 포스터가 경기장은 물론 자유도시 주요 거리에 걸렸네요. 우리가 만든 적이 없는 포스터가요."

내 말에 팀 유니콘의 멤버들이 다들 포스터 한 장을 들곤 심각한 얼굴로 바라보고 있다.

포스트는 얼핏 보면 뮤지컬 오즈의 마법사가 연상되는 그
림이라.

그림엔 멜빵바지 붉은 머리 아가씨를 따르는 멤버들의 면
면이 누구인지 바로 연상되는 그림이 그려져 있었다.

"그러니까 이 그림의 캐리커처에 있는 허수아비가 나란 말
이군. 이거 은근히 설득력있네."

작은곰이 마른 팔을 흔들며 냉소적인 어투로 말했다.

"나는 불만! 감히 내가 겁쟁이 사자라니……."

상체 실종 골든 보이었다.

나름 특유의 야수 느낌을 잘 살렸구먼.

"우헤헤. 이중 내가 제일 멋져—!"

뭐가 좋은지 희희낙락인 큰곰이었다.

잘났어— 정말!

큰곰이는 듬직한 양철 나무꾼처럼 묘사해 놓고 있다. 도끼
를 어깨에 걸친 자세가 딱 그였다.

너무 만족한다……. 무시하자.

"그리고 우리의 단장님은……."

모두의 시선이 모이자 달리의 얼굴이 빨갛게 달아올랐다.

달리는 실제 모습처럼 귀엽고 통통하게 묘사되어 있어서다.

…마음에 들어 하고 있어…….

기계사 지오는 불길한 그림자로 실루엣만 묘사되어 있다.

"그러면 저의 포지션은……."

크크큭. 흐흐훗. 하하핫.

동료들이 그 들 특유의 허탈 웃음으로 위로(?)를 보내왔다.

전혀 위로되지 않는다.

곱등이 지오는…… 도로시 발치에 아양을 떨고 있는 '강아지 토토'로 묘사되어 있다.

완전 멍멍이 취급이라.

나참. 게다 등 굽은 강아지라니…… 동물 복지 연대에 신고할까 보다.

여하튼 전혀 동감과 비동감을 내포한 캐릭들이 바미안에서부터 금괴로 수놓은 길을 따라 자유도시로 행진하고 있다. 길가에 깔린 금괴는 전부 이들이 지나가면 사라진다는 식의 암시가 깔려 있다.

포스트의 제목은 오즈의 마법사가 아닌 '바미안의 탐욕자들' 이었다.

자유도시의 부를 찬탈하기 위한 첨병이라는 것이지.

원래 바미안 영주는 E&T 10대 흉인에 그 이름을 당당하게 올려놓고 있다.

지오도 아니고 매서커도 아니고 그저 바미안의 영주로. 실명이나 캐릭명을 공개하지 않는 것을 원칙으로 그런 식으로 유저 사회에 알려졌다.

이어 곱등이까지 한 자리 차지했다.

곱등이 역시 캐릭명도 유저명도 아니고 그저 유저들이 붙인 별칭이다.

아무튼 그런 차에 바미안 출신 기사에게 하이엘프와 워 드워프가 목이 달아난 사건이 아앙의 입을 통해 자유도시에 널리 퍼져 나갔다.

파편 무구에 눈이 멀어 문명의 적이자 유저들의 적인 오크 편에 선 탐욕스러운 유저라며.

미지의 오지에서 드워프 사회에 유저에 대한 편견을 깊이 심어준 사건으로 차후 드워프 사회와의 교류에 훼방을 놓았다, 이거다.

일방적인 매도 아닌가.

하나 이게 미인의 증언이라는 것이다.

그리고 이 '양심의 화살'은 팀 유니콘으로 향했다.

그 바미안 출신 골렘 오너들이 강철리그에서 승승장구하고 있다고.

바미안 출신 유저들이 강한 것은 파렴치하게 긁어모은 파편 무구를 이용한 성장이라는 추측이 뒤를 이었다. 원색적인 포스트가 거리 곳곳에 걸리는 사태로 발전한 것이다.

조직의 개입이 느껴지는 대목이다.

장미와는 또 다른 식으로 아앙 역시 가상사회에 뿌리내린 저력이 만만치 않음이라.

"거참. 타도 바미안이라…… 요즘 하도 자주 들으니 덤덤하네요. 그렇게 찜찜한 느낌은 들지 않았는데 지금은 왜 뒤숭

숭한 건지?"

동료들에게 속내를 밝혔다.

"이곳이 필드도 아니고 던전도 아닌 순수 유저들이 대다수인 자유도시이기 때문이죠. 힘도 돈도 통하지 않는 독특한 곳이랄까요."

골든 보이가 위로의 어투로 말했다.

…….

다들 고개를 끄덕이며 공감을 표했다.

"탐욕스러운 영주에 폐쇄적인 영지 운영. 유저 사회를 배신한 기사에, 관중들을 상대로 노골적인 조롱을 일삼는 골렘 오너들까지……. 바미안의 모든 것은 배덕의 지표다! 유저들이여— 궐기하여 바미안을 정벌하자! 라는군."

작은곰이는 심각한 어투로 찌라시 쪽지 하나를 들고 말했다.

"니밀— 이런 여론전은 마음에 들지 않아."

툴툴거리는 투로 큰곰이 짜증스럽게 반응했다.

맞는 말이다. 여론전의 핵심이 무엇인가?

사실이라는 팩트보단 감정에 호소하기 위한 거다.

뭐?!

사실 아니냐고?

……사실이구나.

"이런 거죠. 속되게 표현해 봅시다. 바미안에서 자기들끼리 잘 해먹으면 됐지 자유도시까지 와서 다 해먹으려 하느냐

이거죠."

골든 보이가 유저들의 마음 깊은 곳 심보를 말해줬다.

우리끼리 잘 먹고 잘 살고 있다. 더불어 노는 만큼 벌고 있지.

유저라면 모두 다 바라마지 않는 그림이잖은가.

거창하게 말하자면 거대 세력, 거대 작업장이 짠 착취의 틀에서 완벽하게 벗어나 있음이라.

그렇다. 이 틀에서 벗어나 있음이 극도의 시기를 불러오고 있다.

그렇게 곱등이의 등장 때와는 다른 자유도시의 전체 여론이 들끓고 있었다.

그 여론에 따라 주기장을 오가는 유저들의 눈에 차가움이 어려 있음이고.

나는 어깨를 으쓱하며 포스터를 북북 찢었다.

"그러나 어쩔 것인가?! 그런 미움과 시기에 우리가 너무 강하다는 것을—"

크크크. 허허. 하하핫— 다들 특유의 웃음을 터뜨리며 동의했다.

그래. 우리 잘 나간다.

그래서 어쩌라고?!!

하나 찝찝함의 찌꺼기는 남아 있다.

그 근원지로 눈을 돌렸다. 우리 모두.

"달리— 우리 때문에 도매급으로 팀 유니콘이 매도당하게 생겼는데 불만없어?"

큰곰이 넉넉한 마음의 오빠 같은 얼굴로 포스터에 마음을 뺏긴 달리에게 물었다.

이것이다, 나의 찜찜함의 한 부분이.

그녀는 볼을 발그레하게 물들이며 웃으며 말했다.

"……음. 별로 신경 쓰이지 않아요. 솔직히 오빠들이 없었으면 사라질 팀 유니콘이잖아요. 탐욕, 배덕, 배신이라지만 저에게 해당되는 단어는 없잖아요."

"아니. 너무 좋게 보는 거 아냐?"

내가 툭 끼어들었다.

"음. 첫인상은 황당하고 어이없고 많이 무서웠지만 다들… 귀, 귀여운 분들이에요."

푸웁─!!!

다 큰 남정네 다섯이 동시에 뿜었다. 기계사 지오의 투구가 벗겨지는 줄 알았다.

귀여워?! 아니, 우리의 어디가?

"그리고 이 참에 팀 유니콘의 연고지를…… 바미안으로 지정할까 봐요."

…….

세상의 절반도 아니고 세상의 전부와 대립하겠다는 선언 아닌가.

왜 이러지? 다들 눈으로 답을 구했다.

"…저는 도전을 좋아해요."

우리, 무모한 도전자 아니거든?!

"팀 유니콘을 만들 때부터 각오한 일이에요."

"달리. 우리 어디를 봐서 무모한 도전자로 보이는 거야?"

어디 하나 고장 난 아가씨로 보이긴 했는데 기이한 쪽으로 감정이입을 하는 것 같다고나.

그녀의 둥그런 눈에 전에 없던 기백이 스며들어 있다. 확신이라는.

"며칠 동안이었지만 예전에 느꼈던 소란스러움 속에서의 따뜻함을 느꼈어요. 악당인 척하지만 서로를 걱정하는 그런 마음도요."

…….

헤헤. 우리가 약간 끈끈하긴 하지.

다 주먹으로 다져진 의리랄까.

"그런 오빠들이 아무렇지도 않게 세상 전부를 적으로 돌리려 하고 있어요."

그랬나?

원래 그래.

"그것은… 서로를 자신 이상으로 믿어서 아닐까요?"

…….

우리는 뻥진 얼굴로 서로를 쳐다보았다.

제 눈엔 우리가 그렇대…….

오오— 닭살이 돋는다!!!

"으허헝— 이건 백만 볼트 감동이야—!!!"

큰곰이가 나를 덮쳐 와 힘겹게 밀어내야 했다.

저리 가—! 저리 가라니까! 왜 갑자기 껴안으려 그래?!!

막간의 소동이 끝나고 달리가 쑥스러운 투로 말을 마쳤다.

"무모하고 황당하고 악당이래도 괜찮아요. 같이 은행을 털 수 있는 동료가 있는 게 좋잖아요……."

…….

깊은 감동과 더불어 우려가…….

동료애에 가슴 벅찬 먹먹함을, 그리고 우리의 그림이 갱처럼 보여지고 있음에 우려가 밀려왔다.

하나 등을 맡길 동료가 있기에 뿌듯한 자신감과 당당한 자부심이 나를 몰아쳐 왔다.

다들 그런지 서로를 바라보는 눈빛이 빛났다.

검은 고양이단에 부탁해 자유도시 전역에 찌라시를 뿌렸다.

다 덤벼—!!!

『기갑전기 매서커』 16권에 계속…

PART II MUSIC PRIEST

캐릭 컨셉화 [뮤직 프리스트]

음악으로 유저들을 치유한다.

Rough Sketch - Yu Ra Kim

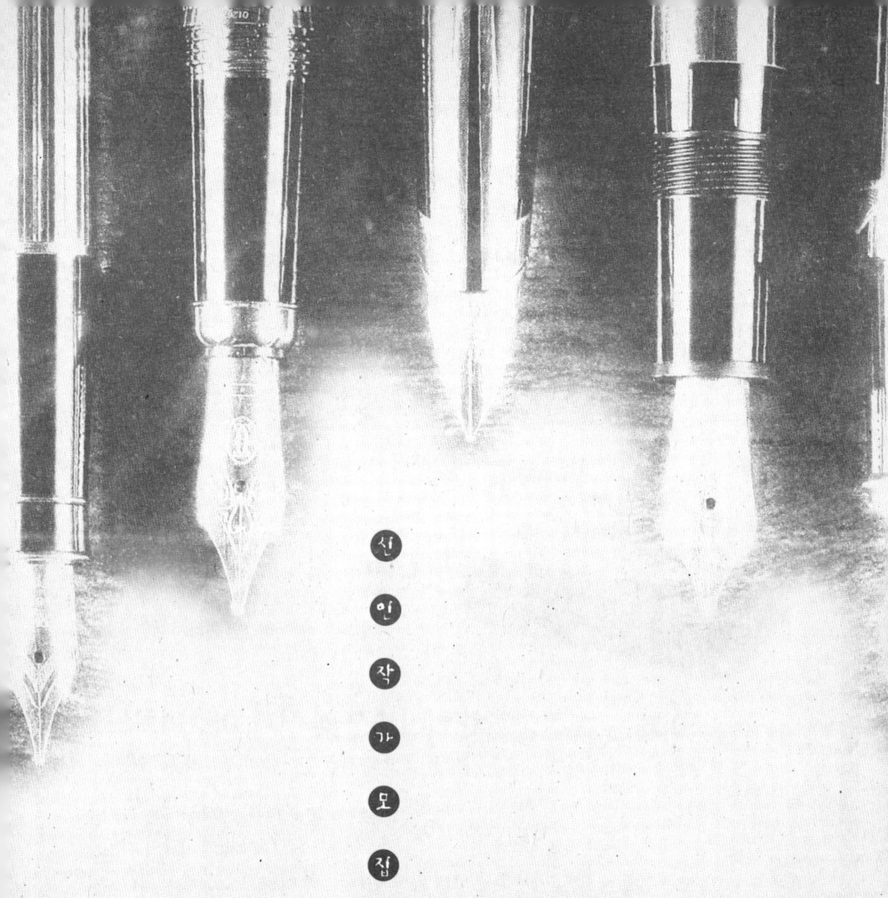
신
인
작
가
모
집

시작이 반이라고 했습니다.
작가의 길에 대한 보이지 않는 벽을 과감히 깨뜨리십시오!
청어람은 작가 지망생 여러분들의
멋진 방향타가 되어드리겠습니다.

저희 도서출판 청어람에서는
소설 신인 작가분들을 모집합니다.
판타지와 무협을 사랑하시는 분들의 많은 참여를 바랍니다.
소정의 원고(A4용지 150매)를 메일이나 우편으로 보내주시면
검토 후 출판 여부를 알려드리겠습니다.

주소:경기도 부천시 원미구 심곡2동 163-2 서경B/D 2F 우편번호 420-822
TEL:032-656-4452 · FAX:032-656-4453
http://www.chungeoram.com
e-mail:chungeoram@chungeoram.com

SWORD SLAYER

소드 슬레이어

류연 판타지 장편 소설

FANTASY FRONTIER SPIRIT

그날로 돌아간 그 순간부터 입버릇처럼 붙은 한마디.

"생각해라, 아서 란펠지."

귀족 반란에 휘말린 채 죽어야 했던 기사, 아서 란펠지.
600년 전 마룡 카브라로 인해 봉인당한 세 용사의 영혼.
버려진 이름없는 신전에서 그들이 만났을 때
운명은 또 다른 전설의 서막을 알렸다!

소드 슬레이어!

힘없이 죽어간 모든 인연들을 위하여
무력하고 허망했던 어제를 딛고
멈추지 않는 오늘을 달려 내일을 잡아라!

위선에 가득찬 검들을 향해
여섯 번째 마나 소드, 에스카룬의 검이 질주한다!

Book Publishing CHUNGEORAM